U0606656

語可書坊

作家文摘　语之可　第六辑（16-18）

顾　问（以姓氏笔画为序）

冯骥才　孙　郁　张　炜　梁　衡

梁晓声　韩少功　熊召政

主　编 孔　平　　　　　**副主编** 魏　蔚

编　辑 裴　岚　之　语

设　计 于文妍　之　可

语之可 18

Proper words

落花风雨春仍在

作家出版社

目　录

也就是说，她在经历了五年的流浪生活，从哈尔滨辗转青岛、上海及东京之后，她最终认识到自己情感的源头及创作的源头，必须从童年，从祖父，从无功利性和不含权力渗透的"爱"中去寻找。她将这"爱"定位成一种"永恒的憧憬与追求"，并将它区别于之前她所经历的大部分带给她痛苦的人际关系。

就连张幼仪都敏感地感觉到了徐志摩从衣服到心性的变化，直到晚年，她还对此耿耿于怀："后来他变了，彻底地变了，他不光换上了西式的衣服，连想法都变成了洋人的。"

她或许没想到她从事的工作会时刻命悬一线，她从未预料她的人生将会与血腥泥污交织在一起，她更未察觉她的一举一动早被"76号"的李士群所掌握，更无从知晓她其实早被"中统"的叛变特务出卖了。郑苹如更不会想到，她付出巨大代价去刺杀的丁默邨，后来又与国民党暗通款曲，甚至一度得到高层免死的保证。

我们那时住在东单一个极破旧的小阁楼上，狭窄的木楼梯没有灯，黑洞洞的，马阿姨走上楼的脚步犹犹豫豫，走一步停一停。我听到了，开门出去，却是马阿姨。听到是马阿姨来了，母亲挣扎着从床上起来，张着两手，迎接她的朋友。两个闺蜜，相隔二十多年，终于重逢，相拥而泣。

薛绍与太平公主

吴鹏

太平公主与薛绍的前半生，完美的婚姻，幸福的相守，平静得没有一丝波澜，可皇家爱情终究敌不过萧墙政治。幸好，先后死于非命的夫妻二人，一别 25 年后，终于能在九泉之下，一起将黄泉路上的风景看遍。

2019 年 12 月 17 日，陕西省考古研究院在西咸新区空港新城发掘了一座大型唐代墓葬，出土墓志显示墓主人是唐代太平公主的第一任丈夫薛绍。

因为二十年前的一部电视剧《大明宫词》中，太平公主与薛绍的"凄美爱情"，这条考古新闻很快冲上热搜。然而，历史的真相远没有那么唯美，甚至有些残酷。

少年夫妻　幸福婚姻

薛绍和太平公主这对夫妻的血缘关系有些过于亲密，他们是近亲姑表兄妹。薛绍的母亲是唐太宗与长孙皇后的女儿城阳公主，也就是太平公主父亲唐高宗李治的同母胞妹。城阳公主先嫁给初唐名相"房谋杜断"中杜如晦的儿子杜荷，后因杜荷卷入太子李承乾谋反案被杀，就改嫁高门大姓河东薛家薛瓘，生下三个儿子，最小的就是薛绍。

薛绍出生于唐高宗龙朔元年（公元661年），比可能出生于麟德二年（公元665年）的太平公主大四岁左右。麟德初年，城阳公主因参与巫蛊，连累丈夫薛瓘从中央的左奉宸卫将军（从三品）贬到房州（今湖北房县一带）当刺史（正四品），薛绍随全家迁居到房州。咸亨年间（公元670年–公元673年），城阳公主、薛瓘在房州相继去世，薛绍和哥哥薛顗、薛绪护送父母灵柩返回长安，此后应该由哥哥抚养长大。

年幼的薛绍家门屡遭不幸时，太平公主正在父皇母后膝下承欢。高宗和武则天对这个唯一的女儿倾注了太多的感情，对她的疼爱超过任何一个公主。仪凤年间（公元676年–公元678年），唐朝西南方向的主要敌人——吐蕃到长安要求和亲，点名要太平公主下嫁。武则天当然不愿意爱女远嫁荒裔，但当时唐朝的军力还不足以和吐蕃撕破脸。于是，武则天修建了太平观，让太平公主假装出家当女道士，以此为由拒绝了吐蕃的和亲。

公主日渐长发及腰，有一天，她穿着武官的紫袍玉带，在高宗武则天面前翩翩起舞。父母问她，是不是不爱红装爱武装？公主莞尔一笑，"以赐驸马可乎"——还请父皇母后将这件戎服赐给驸马。

知女莫如父，高宗开始在朝中留意青年才俊，给女儿挑选意中人。绣球抛来抛去，砸中了薛绍。薛家门第高，和皇家门当户对，薛绍又是高宗的亲外甥，和太平公主年龄也相近。当然，高宗此举，也有告慰妹妹城阳公主在天之灵的考虑。太平公主对薛绍应该也很中意，要不然深受父母溺爱的她肯定不会同意。

尽管是高宗钦点、公主满意，这门婚姻仍然一波三折，在两家都引起一些波澜。

薛绍由哥哥抚养成人，长兄如父，弟弟娶妻，哥哥本应喜上眉梢，可薛顗却愁云满面。毕竟太平公主不同于其他公主，所受宠爱太深，娶进家门后薛家定会引人注目，树大招风。一旦陷入权力旋涡，父母当年的教训就摆在眼前。

薛顗向同族祖辈、时任户部郎中的薛克构请教此事。薛克构先是劝薛顗不要太过担心——皇帝外甥娶皇帝女儿在历史上是常见之事，只要你们家立身处世恭敬谨慎，就不必过虑。宽慰完薛顗，薛克构话锋一转，"娶妇得公主，无事取官府"，娶了公主后，你们家就和皇家脱不了干系，朝廷的事动不动就会找上门，日子不好过啊！薛顗听后大为恐惧，但无法亦不敢反对。

武则天这边呢，对薛绍没意见，对他两个哥哥薛顗、薛绪也没意见，却对薛绍的两个嫂子——薛顗妻子萧氏、薛绪妻子成氏意见很大。武则天认为，萧氏、成氏非贵族出身，"我女岂可使与田舍女为妯娌邪"，觉得她们不配和自己的女儿当妯娌相处，甚至想要薛顗、薛绪休妻。幸亏有人劝武则天，说萧氏也是江南高门，是开国初年宰相萧瑀的侄孙女，萧瑀的儿子萧锐娶过唐太宗的女儿襄城公主，是皇家老亲戚。武则天这才作罢。

尽管过程有点曲折，但薛绍和太平公主的爱情还是光明的。开耀元年（公元 681 年）七月，太平公主出嫁薛绍，结婚大典举办得相当豪华。唐朝结婚都是黄昏成礼，为照亮公主的幸福之路，从皇宫大明宫兴安门南一直到薛家所在的宣阳坊西，"燎炬相属"，点燃了无数火炬，照亮了长安的夜空，甚至路两边的槐树都被烤死。

参加婚礼的宾客太多，迎来送往、举办宴席的地方不够用，就借用万年县县衙当作"婚馆"。县衙的门太窄，婚车过于宽大无法通过，就拆掉了县衙围墙。

半路断肠　天人永隔

结婚时，薛绍二十一岁，太平公主十六七岁，恩恩爱爱，先后生下两个儿子薛崇胤、薛崇简和两个女儿。可惜，宫廷政治的风云很快压城而来，少年夫妻终究没能老年相伴。

弘道元年（公元 683 年）十二月初四，高宗驾崩。太平公主三哥中宗李显即位不到两个月，武则天就将其废掉，改立老四睿宗李旦当傀儡皇帝，随即开始了登顶一代女皇的征程。垂拱四年（公元 688 年）八月，唐朝宗室举行大起义，要为保卫李唐江山而斗争，薛绍的哥哥、时任济州（今山东菏泽一带）刺史的薛顗秘密招兵买马，加入了起义队伍。

薛顗之所以反对武则天，可能有这几个原因：他是高宗的亲外甥，母亲是大唐公主，是李唐政权的基本盘；当年武则天强令他休妻之事，估计还耿耿于怀；更重要的是，武则天男宠薛怀义，即著名的冯小宝，让薛家蒙羞。

当初武则天为方便冯小宝出入后宫，就让他出家为僧，改名怀义。又因为冯小宝出身低微，为抬高他的身份，武则天竟然打起了女婿薛绍的主意，让冯小宝改姓薛，与薛绍通谱合族，还命令薛绍叫冯小宝爸爸。冯小宝由此变身薛怀义，堂而皇之地成为薛家人，当上薛颢兄弟的季父。这在注重门第家风的唐朝初期，肯定被薛家视为奇耻大辱。加上薛怀义霸道蛮横，薛家兄弟不堪其辱，极有可能与其发生过正面冲突。

薛颢造反失败，薛家自然受牵连。当年十一月初六，薛颢、薛绪被斩首。薛绍虽因驸马身份而免遭斩首，但仍难逃一死，先挨了一百大棍，后在狱中被活活饿死——这恐怕比斩首还要残酷。

当时，太平公主可能正怀着她和薛绍的第四个孩子。根据薛绍墓出土墓志记载，"凶臣薛怀义、周兴等用事，仓卒遇害"，可以推测薛绍冤案乃薛怀义操盘构陷，酷吏周兴审理结案，而幕后则是武则天授意，若非如此，谁敢动她的女婿。

历尽劫波　黄泉相伴

可能是受薛绍之死的刺激，太平公主从此走上宫斗的不归路。毕竟连亲生母亲都能对女儿的心爱丈夫下手，还有什么不能做。太平公主相信，只有将权力掌握在自己手中，才能保护自己不被权力伤害。

太平公主充分发挥"多权略"的政治智慧，帮助母亲铲除前进道路上的一切困难障碍，重获母亲的政治信任。薛绍去世近两年后，天授元年（公元 690 年）七月间，太平公主接受母亲的安排，嫁给母姓舅家表哥武攸暨。当时武攸暨已有正妻，武则天为给女儿腾位置，派人暗中刺杀武攸暨妻子。这就是《大明宫词》中武则天为让薛绍娶太平公主，杀掉其妻慧娘的故事由来，只不过移花接木到了薛绍身上。

天授元年九月初九，踏着包括女婿薛绍在内的无数白骨铺就的道路，武则天日月凌空，登基称帝，改唐为周。武周时期，武则天对太平公主"宠爱特厚"，经常与之"密议天下事"。按规定，公主封邑不超过三百五十户，太平公主却达三千户。证圣元年（公元695年），薛怀义失去武则天欢心，太平公主抓住时机，于二月初四亲自布置将其诛杀，为亡夫报仇。当然，也有一说是武攸宁所为。

武则天晚年，人心思唐，太平公主审时度势，于神龙元年（公元705年）七月二十二参加了逼迫母亲退位的神龙政变。中宗复辟，太平公主进封"镇国太平公主"，加封邑到五千户，她和薛绍的二子二女也都增加封邑。

中宗被韦皇后、安乐公主毒死后，景云元年（公元710年）六月二十夜，太平公主与侄子、也就是四哥睿宗家老三李隆基联手发动政变，铲除韦后，将睿宗再次扶上皇位。太平公主由此成为大唐最有权力的公主，"权倾人主，趋附其门者如市"，封邑达一万户，军国重事都要她点头才能通过。薛崇胤、薛崇简全部封王，七个宰相中有五个出自她门下，这就不可避免地和李隆基发生严重政治冲突。

终于，先天二年（公元713年）七月，太平公主、李隆基姑侄进行终极对决。太平公主本想在七月初四动手，结果李隆基提前得到消息，在初三夜里先发制人。太平公主失去先手，败下阵来，跑到山上寺庙躲藏，三天后下山，被李隆基赐死，在家中自尽。

政变后，李隆基对太平公主的政治势力进行了全面清洗，"诸子及党与死者数十人"。只有薛崇简因曾苦劝母亲及时收手，不要贪恋权势，以致被多次打骂，才躲过一劫，没有受到惩处。李隆基还下令"平毁"太平公主第二任丈夫武攸暨墓，想必薛绍也躲不过去。考古队在发掘薛绍墓时，发现墓里的墙壁、棺椁都受到出于泄愤的损坏，印证了这个猜测。

太平公主与薛绍的前半生，完美的婚姻，幸福的相守，平静得没有一丝波澜，可皇家爱情终究敌不过萧墙政治。幸好，先后死于非命的夫妻二人，一别二十五年后，终于能在九泉之下，一起将黄泉路上的风景看遍。

李清照：优雅的反叛

陈建华

李清照博闻强记，赵明诚斗不过她，事实上她也成为金石专家，参与了《金石录》的撰写。这不像一个合乎传统标准的小家庭，看不到子女的负担或来自双方家庭的压力，李清照生活得舒坦，个性与才情也得以舒展，甚至有点强势。

"红袖添香"的焦虑

最近李清照"再嫁"问题又引起学人关注。艾朗诺教授的新著《才女之累：李清照及其接受史》花了三章篇幅梳理自南宋至现当代对于她改嫁的各种说法，在国内引发讨论。一个老问题，其接受史则揭示了不同时代对于妇女婚嫁观念的变迁，当然具有"知人论世"的文学史意义。但李清照较特别，明清以来争议愈趋激烈，是富于意味的近代现象，焦点超乎古代女性能否再嫁的道德评判，而在于维护一位不世出才女的完美形象、伦理与美学统一的理想，不过与文学的关系不大。

李清照的《金石录后序》是为人传诵的经典名篇，其中描写早期在北方与赵明诚的夫妻生活，两人对古代文物字画的共同爱好，尤其是每当饭后烹茶一壶，以喝茶为赌，看谁对所藏书史更为熟悉，那种"举杯大笑，至茶倾覆怀中"的景象，令人醉心动容；而文中叙述国破家亡，一己颠沛流离与中土文物聚散相始终，更令人唏嘘不已。而此文作于所谓"再嫁"事件之后，不免给其中的完美表述蒙上一层阴影。涉及的材料不多，关键者如李心传的《建炎以来系年要录》，对于李清照与张汝舟打官司而离异一事记载颇详，称李清照为"汝舟妻"，被视作"再嫁"之证。《四库全书总目提要》说该书"在宋人诸野史中，最足以资考证"，给予权威性评估。李清照自己有《投翰林学士綦崇礼启》一文，有"视听才分，实难共处，忍以桑榆之晚节，配此駔侩之下材"等语，言及她与张的一段遭遇，不啻自我招供。胡仔《苕溪渔隐丛话》、王灼《碧鸡漫志》、洪适《隶释》、晁公武《郡斋读书志》与陈振孙《直斋书录解题》等均说"再适"或"再嫁"。《四库全书》在《漱玉词》的条目中也照抄不误，说李清照致綦崇礼的信在当时"传者无不笑之"（《四库全书总目》，中华书局 1981 年）。看来李清照"再嫁"铁案铮铮。清人俞正燮作《易安居士事辑》，力辩她不曾改嫁。这件史料不能当八卦看，辩护者说她的《投翰林学士綦崈礼启》遭"篡改"或以"伪启"称之，难让人心服口服。笔者读到郑国弼《李清照改嫁辨正》一文，对该函仔细解读，认为李清照的确在病困之际依人檐下，遭到张汝舟设局迫胁，但及时醒悟而拒绝与他成婚（《齐鲁学刊》1984年2期）。明了这一点，函中"止无根之谤""与加湔洗""再见江山，依旧一瓶一钵"等语都含不曾再嫁之意，否则讲这些话便无意义。《金石录后序》写得如此情深意挚，或如赵明诚表侄谢伋以赵明诚官阶名妇称李清照为"赵令人"。同样她年届六旬不止一次作《皇帝阁端午帖子》《皇后阁端午帖子》等进呈宫中，正由于名分未失，都可说得通了。因此"再嫁"之说或事出有因而未加细察，误传为"改嫁"，或以讹传讹有意中伤毁谤。

是否"再嫁"聚讼纷纭是一回事，而明清以来对李清照词作颂扬甚至，乃文学场域另一番景观，其名节问题被搁置一边。宋祖法《崇祯历城县志》"历下山川清秀，李家一女郎，犹能驾秦轶黄，陵苏轹柳"，把李清照置于秦观、黄庭坚、苏轼与柳永之上。修地方志推崇乡贤，一般不会不考虑道德指标；这么把李清照凌驾于宋词诸大家之上，偏袒得厉害，颇有明末放达倾向。另一位同乡，清初诗坛大家王士禛也不遑有让，《花草蒙拾》说："张南湖论词派有二：一曰婉约，一曰豪放。仆谓婉约以易安为宗，豪放惟幼安称首，皆吾济南人，难乎为继矣。"把宋词分为"婉约"与"豪放"两派起始于明代张綖的《诗馀图谱》，不料影响深远，另成咀嚼话题。今人习惯从文学史时序来讲"婉约派"，从《花间集》之后柳永、欧阳修、二晏等一路数到李清照等。王士禛把她尊为"婉约"之"宗"，具同乡意识，却以才情与风格特征而言。数典认"宗"不那么随便，这么说就有点闹大了。他又说："凡为诗文，贵有节制，即词曲亦然。正词至秦少游、李易安为极致，若柳耆卿则靡矣。变调至东坡为极致，辛稼轩豪于东坡而不免稍过。"（《分甘余话》）这可看作对上一种说法的补充，就整个词史而言，把秦观与李清照视为"正词"，近似"婉约"一脉，而"变调"接近"豪放"，以苏轼为代表，辛弃疾是更趋极端一路。

词家"正宗"

更早提出词史上"正""变"之论的是明代王世贞，《弇州山人词评》说到词的谱系："李氏、晏氏父子，耆卿、子野、美成、少游、易安至也，词之正宗也。温、韦艳而促，黄九精而险，长公丽而壮，幼安辨而奇。又其次也，词之变体也。"王世贞是"后七子"魁首，文学上主张"复古"，以"诗必盛唐，文必秦汉"为"正宗"，对于词是瞧不起的，所谓"词号称诗余，然而诗人不为也"。但他和王士禛等明清诗家越俎代庖侈谈词坛正变，以诗的标准要把词纳入文学"大传统"。这与宋代张炎、沈义父以来在词的范围里强调"雅正"的路数有所不同，而清代后期常州词派向诗靠拢，也是诗词分合的新动向。王世贞的"复古"主张极其注重文学形式，而王士禛以"神韵"说著称，两人殊途同归，都具"纯文学"倾向。清人对李清照的评价各抒己见，几乎为二王"正宗"说所笼罩。沈去矜说："男中李后主，女中李易安，极是当行本色。前此太白，故称词家三李。"（《古今词论》）王仲闻说元代已有人将"三李"并称（《李清照集校注》，人民文学出版社 1979 年）。那时通常认为李白是词的开山之祖，李后主的某些作品属千古绝唱，有人说李清照的词"无一首不工"（李调元语），数量上超出李白、李后主，这么"三李"并立，颇有"一览众山小"之概。因此"改嫁"问题虽然仍沸沸扬扬，却不妨碍批评家褒评美言她的词作，陈世焜说："李易安词风神气格，冠绝一时，直欲与白石老仙相鼓吹。"（《云韶集》）陈廷焯说："李易安词独辟门径，居然可观。其源自淮海、大晟。而铸语则多生造。妇人有此，可谓奇矣。"（《白雨斋词话》）他们不把文学与道德混为一谈，那些争论似乎属于考据家的事，可见文学观念的进步。其实李清照的大部分词作都获得大量倾情"点赞"，因此所谓"才女之累"远不能跟她的名声飞扬相比。

沈曾植《菌阁琐谈》称："易安跌宕昭彰，气调极类少游，刻挚且兼山谷。篇章惜少，不过窥豹一斑。闺房之秀，固文士之豪也。才锋太露，被谤殆亦因此。自明以来，堕情者醉其芬馨，飞想者赏其神骏。易安有灵，后者当许为知己。渔洋称易安、幼安为济南二安，

20

难乎为继。易安为婉约主，幼安为豪放主。此论非明代诸公所及。"这段话接棒于王渔洋，对李清照也不吝赞词，不啻以知音自许。所谓"被谤"，显然不信"改嫁"之说，"才锋太露"，含"女子无才便是德"的传统偏见，然而说她"闺房之秀，固文士之豪也"，又说"易安倜傥，有丈夫气，乃闺阁中之苏、辛，非秦、柳也"，那等于把李清照当男子看，不无吊诡。实际上不止一人持相似论调，上述陈廷焯说："妇人有此，可谓奇矣。"还有李调元："易安在宋诸媛中，自卓然一家，不在秦七、黄九之下。词无一首不工。其炼处可夺梦窗之席，其丽处直参片玉之班。盖不徒俯视巾帼，直欲压倒须眉。"（《雨村词话》）历史上女作家本来就少，受关注彰显的更少。宋代另有女诗人朱淑真，几与李清照齐名，有《断肠诗集》与《断肠词》流传至今，共两百多首；据说因婚姻不幸福，将一腔幽怨诉诸诗词。其最出名而具争议的是《生查子》一词："去年元夜时，花市灯如昼。月上柳梢头，人约黄昏后。今年元夜时，月与灯依旧。不见去年人，泪湿春衫袖。"公然与人约会，且不说大胆，语言朴质，情真如画，是一首绝妙好词。历代文人在惊诧愤怒之余一致发动"妇德"保卫战，总算发现欧阳修《六一词》也收入这首词，才松了一口气。据朱淑真传记"嫁为市井民妻"，词中的灯节场景富于市井气息，似不无可能；但在她的诗词集中显得非常突兀，其总体风格如《四库全书提要》说"其诗浅弱，不脱闺阁之习"，说《生查子》是欧阳修所作，被人"串入淑真集内，诬以桑濮之行"，且指斥毛晋根据此词说朱淑真"白璧微瑕"是"益卤莽之甚"（《朱淑真集注》），基本上了断此公案。

这两位女诗人让人啧啧称奇，一般认为艺术高下有别。陈廷焯说："朱淑真词，才力不逮易安，然规模唐五代，不失分寸。"（《白雨斋词话》）这句评语饶有意味，或许可与性别及写作伦理联系起来讨论。的确，不像说李清照"文士之豪"，或"有丈夫气"，《四库全书提要》说朱淑真"其诗浅弱，不脱闺阁之习"。其实，朱淑真自我发声描写"闺怨"题材，意义与男性的同类之作不可同日而语，且数量可观，文学史上值得大书一笔。难道"不脱闺阁之习"不正是女性的自我表现？所谓"浅弱"是有失大家端庄风范，还是诗作缺乏深度？

陈廷焯说她"规模唐五代，不失分寸"，说明写作中规中矩，尊重传统形式，有什么不好？艺术形式跟性别有什么关系？

不独雄于闺阁

去女性化的李清照犹如一种隐喻、一面"他者"的镜子，各说各的，从中映照出某种自我缺失与期许。或李调元说的"直欲压倒须眉"，甚至自愧不如？各人镜子中仿佛有个男版的李清照，扑朔难辨，但有一点——她确乎个性鲜明。其《乌江》诗脍炙人口："生当作人杰，死亦为鬼雄。至今思项羽，不肯过江东。"此诗含有悲愤与讥刺，对于南宋的满朝文武来说如刺在背，何况出自闺阁之口。李清照另有《咏史》诗："两汉本继绍，新室如赘疣。所以嵇中散，至死薄殷周。"晋代山涛请嵇康代他出仕，嵇康拒绝而作《与山巨源绝交书》，说他自己"每非汤武而薄周孔"，意谓不能忍受政务俗事，因此得罪司马政权而惨遭杀害。李清照把汉末王莽篡位与汤武革命联系起来，历史见识非同一般，似乎在借嵇康显出她的魏晋风骨，与《乌江》同样口吻决绝。朱熹评论说："中散非汤武得国，引之以比王莽，如此等语，岂女子所能？"（《朱子语类》卷一四七）李清照的诗才十来首，就这两首短诗的用典与议论而言，全然宋诗做派，却无江西诗派艰涩之弊。陈衍是清末民初宋诗派大佬，在《宋诗精华录》中选录了她的两对残诗："南来尚怯吴江冷，北狩应悲易水寒。""南渡衣冠少王导，北来消息欠刘琨。"同样感叹时局，比《乌江》和《咏史》较为委婉。另外选录了篇幅较长的《上枢密韩公、工部尚书胡公》二首，评曰："雄浑悲壮，虽起杜、韩为之，无以过也"，认为"雄浑悲壮"的气势连杜甫与韩愈都不能超过，赞誉不可谓不高。至近世钱锺书选宋诗，入选清一色男性作家，当然没有李清照，比起陈石遗反倒退步了。如论者指出，李清照的后期作品具有强烈的政治性，这应当与她的家庭卷入党争风波有关。母家王氏世代显宦，祖父王准封韩国公，有子四房，孙婿九人，其父李格非即其中之一，其他数人皆为翰林学士。她与赵明诚成婚不久，李格非名列"元祐党籍"而遭禁锢。其翁赵挺之官至大学士，死后即遭到政敌清算，所赐封号皆被收回，以致赵明诚不得不与李清照屏居乡间，达十年之久。她对于党争的倾国倾家之祸有切肤之痛，而南渡给她带来巨大痛苦，颠沛流离，老无所归，所以痛定思痛，对时局的愤慨之言及讥刺士大夫也是怒其不争的意思。她否定汤武与王莽，其实是一种反"革命"态度，背后是维护宋朝"正统"的立场。赵明诚并非达官，而她敢言敢为，曾上诗赵挺之，希望能对李格非伸出援手。听说朝廷派大臣赴金国探望被掳的徽钦二宗，李清照自述："见此大号令，不能忘言，作诗各一章以寄意，以待采诗者云。"（《李清照集校注》）遂作《上枢密韩公、工部尚书胡公》二首。绍兴年间她为皇帝、皇后与贵妃作了吉祥诗句的"帖子"呈入宫中邀赏。晚年又将赵明诚的《金石录》进呈朝廷。这些事例说明她在体制允许的条件下对公共事务的积极参与，既合情理又不失身份，但对于"妇德"的传统规训来说无疑是出格之举，无怪乎被称作有"丈夫气"。

这已经很了不起，且并非偶然出格，而是再三挑战社会与性别成规。更为重要的是，她所表现的是一种优雅的反叛，总是以文本作为媒介，诗文或词，无不以精致的修辞形式显示其才学出众，见识过人，因此令人侧目，引来毁谤，也使文士们惊叹并自愧。这应当感谢中国源远流长的文学传统，就像批评者把她与历代或当世名家做比较，如王世贞、王士禛把她视作词的"正宗"，无不以传统与经典作为衡量优劣的标尺。英国诗人艾略特在《传统与个人才能》一文中提出必须尊重文学传统与经典如何生成的观点，成为文学批评的圭臬，而在中国则一向对传统抱有敬畏之心，因之对李清照的赞誉，毋宁是传统的力量在起作用。

如《金石录后序》所描绘，赵明诚与李清照在搜集金石字画方面达到痴迷的程度。赵做太学生时常把衣服典当换钱，去古旧市场淘宝，回来两人把玩研讨，其乐无穷。后来做官也把薪俸全部花在文物上。上文提到煮茶赌输赢的插曲，李清照博闻强记，赵明诚斗不过她，事实上她也成为金石专家，参与了《金石录》的撰写。这不像一个合乎传统标准的小家庭，看不到子女的负担或来自双方家庭的压力，李清照生活得舒坦，个性与才情也得以舒展，甚至有点强势。周辉《清波杂志》说："顷见易安族人，言明诚在建康日，易安每值天大雪，即顶笠披簑，循城远览以寻诗，得句必邀其夫赓和，明诚每苦之也。"这是一幅"妇唱夫随"的有趣画面，李清照咄咄逼人的"才女"做派，每每弄得明诚大窘。李清照多才多艺，无论学问与文学，凌今轹古，身在闺阁的樊笼，心游于传统的长河之中，无不以痴迷为之，似是剩余精力的转化方式。有一件属异数，即她精通各种博具与赌术，在《打马图序》中声称："夫博者无他，争先术耳，故专者能之。予性喜博，凡所谓博者皆耽之，昼夜每忘寝食。"有论者说："为博家作祖，亦不免为荡子阮垫。颠沛中犹不忘，是其精妙于博者。曲谈工巧，游于自然。"(《古今女史》卷三)意谓赌博有害，却不得不佩服她的渊博。她说"博"的意义在于"争先"，这可能是理解她的性格的一把钥匙，所谓"慧即通，通即无所不达；专即精，精即无所不妙。故庖丁之解牛，郢人之运斤，师旷之听，离娄之视，大至于尧舜之仁，桀纣之恶，小至于掷豆起蝇，巾角拂棋，皆臻至理者何？妙而已"。凡事不管大小，都须全力以赴，做到专精，可见她的痴迷中蕴含着持续的激情与实践经验的不断累积，而臻于"妙"境的目的。明人杨慎说：

"宋人中填词，李易安亦称冠绝。使在衣冠，当与秦七、黄九争雄，不独雄于闺阁也。"（《词品》卷二）倘若能使李清照在政治或其他领域一显身手，应该也是个"铁娘子"吧。

优雅的反叛

我们曾说过李清照的《词论》，是她最早提出词"别是一家"，她也以词家自居，对当代各名家一一评点，引起强烈反弹。胡仔说："易安历评诸公歌词，皆摘其短，无一免者。此论未公，吾不凭也。"（《苕溪渔隐丛话》卷三十三）裴畅说："易安自凭恃其才，藐视一切，语本不足存。第以一妇人能开此大口，其妄不待言，其狂亦不可及也。"（《词苑萃编》卷九）不论这些评论当否，似乎都感受到她那种"狂妄"的气场，又难于完全屏蔽之，确实《词论》很能显出李清照独立思考与决断敢言的性格特征。就她的创作而言，对各家苛评好似投石问路，通过说"不"来探寻理想形式的途径。她看准词是一种更适合其才情发挥的形式，并全力以赴开拓新的疆域。从今存约五十首词作来看，殊多佳作，可见她对待创作极其顶真，多少弥补了数量上的遗憾。"诗情如夜鹊，三绕未能安。"（《失题》）李清照的这两句残诗，描写为寻觅妙句而辗转反侧，难以成寐，仿佛夜鹊在树间环绕而找不到落定之处。诗人苦吟不奇怪，而对苦吟的自我描绘，如晚唐贾岛的《题诗后》："两句三年得，一吟双泪流。知音如不赏，归卧故山秋。"就含有某种文学史自觉，他的"推敲"典故更为人熟知。但李清照这两句另藏玄机，原来"夜鹊""三绕"暗用曹操《短歌行》的句子："月明星稀，乌鹊南飞。绕树三匝，何枝可依？山不厌高，海不厌深。周公吐哺，天下归心。"李诗看似实景的描绘，已富于形象与意境，但是若像曹操一样背后站着个"周公"，要雄踞诗坛令"天下归心"，就非妄即狂了。在注释这两句时王学初引用了《短歌行》，大概考虑到"周公"这一层隐喻，评论说："这两句新色照人，却能抉出诗人神髓，而得之女子，尤奇。"（《李清照集校注》）且看《渔家傲》这首词："天接云涛连晓雾，星河欲转千帆舞。仿佛梦魂归帝所。闻天语，殷勤问我归何处。我报路长嗟日暮，学诗谩有惊人句。九万里风鹏正举。风休住，篷舟吹取三山去！"所谓"惊人句"化用了杜甫的名句"为人性僻耽佳句，语不惊人死不休"，也是诗人苦吟的主题，而"嗟日暮"乃自叹来日无多，诗海无涯，却在"天帝"的眷顾中砥砺前行，因此另有一层自我反观的深刻性。整篇想象恣肆，气象开阔，营造了一个瑰丽奇特的梦境，而对话形式的运用则情趣洋溢，富于戏剧感。李清照在创作上呕心沥血，精益求精，跟对待金石、博具一样痴迷，却另具浩然之气。在这首词里，诗人在神话世界中聆听天帝的启示，犹如进行"奥德赛之旅"，给诗披上了神圣与神秘的风帆。有意味的是，这样的主题是由词这一新形式来完成的。李词中这首《渔家傲》显得较为特别，一向被视作"豪放"一路，梁启超说："此绝似苏辛派，不类《漱玉集》中语。"（《艺蘅馆词选》乙卷）这么说不算新鲜，说明李词的风格多样，概之以"婉约派"不无简约之嫌。凡是优秀的艺术作品须能感动人，形式上须有创意，须在文学脉络中从句式、修辞、结构等方面观察传承与新变，从而把握作者的风格特征。一般把李词分为南渡前后期，如被看作前期"少作"的《点绛唇》："蹴罢秋千，起来慵整纤纤手。露浓花瘦，薄汗沾衣透。见客入来，袜刬金钗溜。和羞走，倚门回首，却把青梅嗅。"此词描画少女情态。关于"慵整纤纤手"，五代鹿虔扆《思越人》有"珊瑚枕腻鸦鬟乱，玉纤慵整云散"之句，晨起慵懒，纤手整理散乱的头发，《花间集》中不乏这类美人睡态与晨妆的描绘。李词中变为运动型美人，荡罢秋千，"慵整纤纤手"，疲劳而调理双手，正当薄汗透衣，气喘吁吁之际，见客人来，慌不迭溜走。李后主有描写女子去幽会的"刬袜步香阶，手提金缕鞋"（《菩萨蛮》）之句，也有"佳人舞点金钗溜"（《浣溪沙》），形容舞蹈动态。在李清照的"袜刬金钗溜"中则是少女躲闪来不及穿鞋，金钗溜下鬓际，活脱一副窘态。最后三句最富戏剧感，应当借自韩偓的《偶见》一诗："秋千打困解罗裙，指点醍醐索一尊。见客入来和笑走，手搓梅子映中门。"沈祖棻十分欣赏："韩偓像一个高明的摄影师，他善于捕捉少女们生活中一些稍纵即逝的镜头，即时地形神兼备地拍摄下来。"（《韩偓诗全集》，陈才智编著，崇文书局 2017 年）在李词中"笑"改为"羞"，点明少女心理，

"手搓梅子"改为"把青梅嗅",具青涩画面感。两相比较,李作的语言更具节奏与张力,女子神态更为细腻灵动,发挥了词的形式魅力。唐圭璋的《全宋词》不收这首《点绛唇》,在"存疑"中注出"无名氏作"。他认为:"清照名门闺秀,少有诗名,亦不致不穿鞋而着袜行走,含羞迎笑,倚门回首,颇似市井妇女之行径,不类清照之为人。无名氏演韩偓诗,当有可能。"(《读李清照词札记》)编选者也是批评者,依据文献版本掌取舍之权。从这首词却可窥见李清照独特的词学路径,她的前期颇受《花间集》尤其是李后主的影响,也是学词的通常路数,但她时时回到诗的本源汲取灵感,韩偓的"香奁体"代表"艳诗"的尖新发展,《点绛唇》说明她别具慧眼,点铁成金。这并非孤证,如《如梦令》:"昨夜雨疏风骤,浓睡不消残酒。试问卷帘人,却道海棠依旧。知否?知否?应是绿肥红瘦。"这是李词名篇,也关乎韩偓的《懒起》:"昨夜三更雨,临明一阵寒。海棠花在否,侧卧卷帘看。"两者的亲缘关系一目了然。

同样招惹麻烦的是另一首《浣溪沙·闺情》:"绣面芙蓉一笑开,斜飞宝鸭衬香腮。眼波才动被人猜。一面风情深有韵，半笺娇恨寄幽怀。月移花影约重来。"
最末一句令人想起元稹的《莺莺传》中莺莺写的约会
诗："待月西厢下，迎风户半开。拂墙花影动，疑是玉
人来。"由红娘传给张生，由是两人幽会，演出了一场
离经叛道的爱情剧。清末王鹏运刊刻《漱玉集》时，认
为这首《浣溪沙》一定是假冒的："此尤不类，明明是
淑真'月上柳梢头，人约黄昏后'词意。盖既污淑真，
又污易安也。"因此不收此词。像对待朱淑真的《生查
子》一样，这样为才女洗刷如英雄救美，毕竟是纯粹
的道德观念作怪。龙榆生批评说："王鹏运谓是他人伪
托，以污易安。要之明诚在日，易安固一风流蕴藉之人
物，言语文字之间，亦复何所避忌？"（《漱玉词叙论》）
相较之下龙榆生就通脱透彻得多，李清照与赵明诚琴
瑟和鸣，伸展自如，"风流蕴藉"颇能形容她的倜傥个
性，其词作不必是她生活的写实，犹如纸上舞台，想象
自有驰骋的空间。在对李清照的批评中，王灼的《碧鸡
漫志》说："晚节流荡无归。作长短句，能曲折尽人意，
轻巧尖新，姿态百出。闾巷荒淫之语，肆意落笔。自古
缙绅之家能文妇女，未见如此无顾藉也。"从道德和文

章上把李清照看作一个无可救药的坏女人，这样的批评极其严苛，有可能他看到的一些李词没流传下来。虽然，如"能曲折尽人意"等语，刻薄之中却能道出某些真实，所谓"无顾藉"，如上文含羞回首或私情密约的女子形象，均触犯了传统伦理的戒律。的确无可否认，这类女子作为她想象的产物，既含女性自由欲望的抽象表现，也是其出格个性的自我狂想，富于反叛的意欲，却不逾名媛仪范，仿佛在闺阁的边界徘徊瞻顾，神游于司马相如在卓府做客奏琴、卓文君"从户窥之，心悦而好之"的情景（《史记·司马相如传》），或窥视西厢的幽会密约，伴随着反叛的始终是一种优雅的形式，把尖锐、矜持与婉约转化为风流蕴藉的风格，定格为永恒的艺术，某种意义上做到这一点更为艰巨。如《点绛唇》与《如梦令》对韩偓的改写也是不同性别文学实践的隐喻，在李词对少女情怀的微妙刻画、惜花闺情的深沉体验的映衬下，韩诗就显得隔了一层，可见一旦女性的自我书写展示出新的文学自觉的力度，将改变语言与美学的法则。

生命之旅的绝唱

李清照后期词作表现故土思念，孤独凄凉，词风深沉，艺境愈精，读之无不受感染，而以《声声慢》为最。徐培均在《年谱》中认为曾慥于绍兴十六年（1146）编成《乐府雅词》，收李词二十三首，《声声慢》不在内，因此把它置于绍兴十七年，其时李清照六十四岁（《李清照集笺注》，上海古籍出版社 2002 年）。李卒于七十三岁，的确，《声声慢》与老境惨戚的自我写照相合，这么说真可谓压轴之作了。词曰：

寻寻觅觅，冷冷清清，凄凄惨惨戚戚。乍暖还寒时候，最难将息。三杯两盏淡酒，怎敌他、晚来风急？雁过也，正伤心，却是旧时相识。

满地黄花堆积，憔悴损，如今有谁堪摘？守着窗儿，独自怎生得黑？梧桐更兼细雨，到黄昏、点点滴滴。这次第，怎一个愁字了得！

以七个叠字开头，已成为词史上的奇观。历代评论密密麻麻，无不称奇。宋人张端义说："此乃公孙大娘舞剑手。本朝非无能词之士，未曾有一下十四叠词者。"（《贵耳集》）古诗中使用叠词的并不少，有三叠、四叠、连叠等各种叠法，最夸张的莫过于韩愈《南山诗》中七个联句，五言句句嵌入叠字，加起来十四叠词，但与一连七叠的用法毕竟不同，因此罗大经惊叹："起头连叠七字，以一妇人，乃能创意出奇如此！"（《鹤林玉露》）有趣的是，这次没人说"丈夫气"之类的话了，不得不承认这是一个"妇人"的创造。上文提到李清照在《词论》中差评诸家而引起不满，音乐性是焦点。王仲闻说："清照虽侈谈声律，以声律为品评准绳，而清照在词之声律方面之成就，未必能如北宋早期之柳永，以及北宋末年之大晟府修撰诸人。虽今人或有言其善用双声叠韵字及细辨四声，似亦出偶然，并不每首如此。"（《李清照集校注》）的确，柳永精熟声律离不开歌场实践，这方面李清照不如柳永，因此只能在文字上讲究声律。她说，"盖诗文分平侧，而歌词分五音，又分五声，有分六律，又分清浊轻重"，又谈到《声声慢》等词牌的用韵问题，说明她是下了功夫的。其实她对博具已那么痴迷，对于声律之学应当变本加厉才合乎情理。事实上，诗文平仄与歌词的五音、五声、六律等互有相通之处，而《声声慢》正是突破了平仄的局限而取得创造性成就，王仲闻说出自"偶然"，显然是低估了。

《声声慢》的声律造诣，不光是在开头使用叠字，如"凄凄惨惨戚戚"是叠韵也是双声，由舌音转为齿声，犹如泣诉。下阕又有"点点滴滴"与开头叠词相呼应，明代茅暎说："后又四叠字，情景宛绝，真是绝唱！"（《词的》）在用韵方面，清人万树的《词律》是为词谱示范的书，收入《声声慢》说："用仄韵，从来此体皆收易安所作，盖其遒逸之气，如生龙活虎，非描塑可拟。其用字奇横而不妨音律，故卓绝千古。"为众家激赏的另有"守着窗儿，独自怎生得黑"的"黑"字。张端义说："'黑'字不许第二人押。"（《贵耳集》）陈廷焯："'黑'字警，后幅一片神行，愈唱愈妙。"（《云韶集》）十四叠字为全词笼罩一片空空荡荡的凄惨气氛，梁启超认为："这首词写一天从早到晚的实感。"（《中国韵文里头所表现的情感》）唐圭璋不以为然："此词上片既言'晚来'，下片如何可言'到黄昏'雨滴梧桐？前后言语重复，殊不可解。若作'晓来'，自朝至暮，整日凝愁，文从字顺，豁然贯通。"（《读李清照词札记》）梁的诠释有悖文本，原文毕竟作"晚来"，那怎么理解时间错位呢？作者不会是无意的，那就不能看作限于某一天的描写。飞雁与黄花都是深秋的象征画面，又值晚风、黄昏，似是其记忆屏幕上累积体验的典型性图景拼贴。不仅"伤心"与"憔悴"，孤独更可怕，"守着窗儿，独自怎生得黑？"时光守不住，无可挽回地流逝，"怎么能等到黑夜"？等待生命被吞噬的一刻，无奈而备受煎熬。这些构成一幅日暮途穷的图景，这首词更像生命走向尽头的寓言。这个"黑"字下得如此绝对，只是恐惧，没一丝希望，没有下一个春天。这首《声声慢》极不寻常，不仅仅是哀愁之作，也不用典故，没有华辞丽藻，完全使用日常语言，即所谓"本色语"，在前期词作已出现，如上面《浣溪沙》上篇的开头两句"绣面芙蓉一笑开，斜飞宝鸭衬香腮"带有《花间集》绮丽装饰的特点，而第三句"眼波才动被人猜"对比明显，被称为"本色语"而为人击赏。清人贺裳说，"词

虽以险丽为工，实不及本色语之妙"(《皱水轩词筌》)，
这种从生活中捕捉微妙瞬间而作自然灵动的表现，需要
对日常语言的提炼、雅俗调适和虚词俚语的使用，当然
是高难度的。这方面李后主的《虞美人》等堪称典范，
而在后期李词中"本色语"频繁出现，如《武陵春》
"物是人非事事休，欲语泪先流"，或《永遇乐》"如今
憔悴，风鬟雾鬓，怕见夜间出去。不如向帘儿底下，听
人笑语"。这类"本色语"印刻着特殊体验的原创性，
几乎成为李清照晚期风格的标记，也是她被后世称作
"正宗"的主要原因。而《声声慢》则是彻底本色的，
更具口语色彩，所描绘的是身体与精神的深秋情状。对
"乍暖还寒"气候变化的敏感，是老年征候。"淡酒"是
酒力衰退的征兆，只带来有限的温暖。这与以前作品中
常出现的"酒"的豪爽意象形成对照。满地黄花没人洒
扫，无穷尽的愁绪如点点滴滴的梧桐雨，消蚀着残存的
生命。以前是"东篱把酒黄昏后，有暗香盈袖。莫道不
销魂，帘卷西风，人比黄花瘦"(《醉花阴》)。"衣带渐
宽"，仍不减陶令潇洒，现在黄花露出本相，"憔悴损"
而没人想摘，就像一个满目疮痍的美人。然而，李清照

这一幅老境凄惨的自画像却成为惊世名作！运用本色语来描绘晚年境况，为了求真，几乎赤裸裸地呈现走向衰亡的真实形相，如果不是每一笔触能让人惊叹其匠心独运，凌越往昔，那么《声声慢》无非是一朵"憔悴损"的黄花而已。其精妙匠心之一，如夏承焘所揭示的："用舌声的共十五字，用齿声的四十二字，全词九十七字，而这二声却多至五十七字，占半数以上。尤其是末了几句：'梧桐更兼细雨，到黄昏，点点滴滴，这次第，怎一个愁字了得！'二十多个字里舌齿两声交相重叠，这应是有意用叮咛的口吻，写自己忧郁惝恍的心情……宋人只惊奇它开头敢用十四个重叠字，还不曾注意到它全首声调的美妙。"（《李清照词的艺术特色》）批评总是开放的，总会有新的发现，这里蕴含着"美"的真谛，如美术中"裸体"（the nude）与"露体"（the naked）之间的区别，前者是由美学法则建制的艺术品，后者则是自然形体。所以这不是一首简单之作，几无前例可循。这样的作品不会一蹴而就，词中时间的错位可看作创作上经年累月的暗示，更有可能作于六十四岁之后。老年人的世界一切好像在做减法，酒喝不动，花懒得摘，追忆也模糊，而李清照不啻在挑战自己，其实词中的自我情态已不免颓唐，或许现实更为不堪，但她仍然不失优雅，不流于呼天抢地的滥情，不做踵事增华的粉饰，旨在刻画步入衰年的人生真相，给老人一个尊严。正是凭借艺术的信念与力量，她经营于字里行间，艺术上屡出险招，在坠落的边缘战战兢兢，挥斧运斤，好似背水一战，借以抗拒死亡与绝望，完成自我的救赎。她必须摒弃前人的影响与语言的荃饰，包括反叛自己往昔的优雅，不管是"风流蕴藉"还是"婉约"，唯一剩下的是对艺术的真诚，让世界与自我展示其本真，使语言与对象达到纯粹的统一，在此意义上优雅的形式显示其形而上意义。须提到一个小插曲，有点煞风景。清人许昂霄在《词综偶评》中说："此词颇带伧气，而昔人极口称之，殊不可解。"虽然未做解释，"伧气"当然是不优雅的意思。在众口一词的称赞中，这是极其少有的不谐之声，却有点意思。《声声慢》以"寻寻觅觅"开头，词人在"寻觅"什么？或许可联系到她的《渔家傲》中"我报路长嗟日暮，学诗谩有惊人句"。日暮长途，不懈追求，在这首词里得到见证，既受天意的眷顾，又保持感恩和敬畏，终于造就生命最后的绝唱。

萧红赴东京，不只为爱情

陈嫣婧

也就是说，她在经历了五年的流浪生活，从哈尔滨辗转青岛、上海及东京之后，她最终认识到自己情感的源头及创作的源头，必须从童年，从祖父，从无功利性和不含权力渗透的"爱"中去寻找。她将这"爱"定位成一种"永恒的憧憬与追求"，并将它区别于之前她所经历的大部分带给她痛苦的人际关系。

处境明显好转的节骨眼上，
选择前往日本究竟是为什么

1977 年，萧军整理旧物时，从一包快要破烂腐朽的故纸堆中，发现了萧红已模糊不清的字迹。这是萧红在 1936—1937 年间写给他的一批书信，大部分从东京寄来。当时他们还没有分手，但两人都经历了一些感情危机，关系已渐渐发生微妙的变化。萧军决定用毛笔重新整理誊抄这些书信，并让它们公之于世。

耐人寻味的是，1938 年，当他们于山西临汾分手时，这批书信原本说好交由萧红保管的，然而阴差阳错却留在了萧军那里。自此，他们天各一方，再也没有见过面。萧红后来迅速开始与端木蕻良交往，然后结婚。1941 年，萧红在香港去世时，大部分的手稿，其中包括还没有完成的长篇小说《马伯乐》第二部，都于战火纷乱中被端木遗失，以至于她后期整体的写作面貌，除了已公开发表的那一部分，很长时间以来无人窥得，成了一个无法解开的谜。相较之下，这批没带在身边的书信，辗转四十余载后竟还能重见天日，连萧军自己都不由赞叹这是一个"奇迹"。

　　1936年对萧红而言意义重大。这一年，距她逃离家庭，在哈尔滨开始写作生涯已过了五年，而距离她在港离世，同样也是五年。鲁迅在这一年的秋天去世，她自己则于夏天踏上了前往日本东京的轮渡。比起两年前和萧军刚来上海时，他们的处境明显好了很多，各自的小说《八月的乡村》和《生死场》以自费出版的形式作为"奴隶丛书"的一种得以发表。版税的收入伴随着名声而来，将他们从哈尔滨时期的各种窘迫，特别是经济窘迫中拯救了出来。当然，这一切的幕后推手鲁迅对二萧在上海所取得的成功是具有决定性影响的，可以说他们在上海建立的一切资源，包括经济上的和人脉上的，无不与鲁迅有关。然而正是在这个节骨眼上，萧红却作了前往日本的选择，这是为什么呢？

　　根据日本学者冈田英的分析，二萧存在着爱情上的问题，这是萧红去东京的原因之一，她在去日之前写下的诗歌《苦杯》及许广平在文章《忆萧红》等回忆文章中的相关表述或许可以成为证据。许广平写道："萧红先生文章上表现相当英武，而实际多少还富于女性的柔和，所以在处理一个问题时，也许感情胜于理智。有一个时期，烦闷、失望、哀愁笼罩了她整个的生命力。"那一个时期，萧红几乎天天造访鲁迅在大陆新村的居所，后者因身体的缘故不能时常陪客，于是许广平就不得不抽出许多时间来伴萧红长谈。事实上，几乎二萧身边所有常有来往的朋友都看出了两者之间的嫌隙，萧军后来也在书简的注释中承认了当时萧红的"身体和精神全很不好"，这使得在上海刚刚站稳了脚跟的她不顾自己正风生水起的写作事业而执意选择逃避。而之所以选择日本，除经济上的考量之外，他们当时的朋友、鲁迅信赖的翻译家黄源，其夫人许粤华正在东京学习日语，而萧红弟弟秀珂作为伪满洲国留学生也正在日留学。然而萧红去到东京不久，华女士就因家中变故匆匆回国，秀珂也回到上海，他在日本期间都没来得及与姐姐见上一面，所以萧红在东京的这段时间里，可以说是非常寂寞的，只身一人，举目无亲，不懂日语，也没有可以照应的朋友，但即便如此，她仍然打算照着与萧军事先约定好的一年时间待下去，纵然对故土亲人的思念每每深切地折磨着她，也依旧未动归国之念，这种程度的决心如果只用"逃避"或"散心"来解释，似乎也是不够充分的。

孤独感背后，藏着更为复杂的心绪，
她其实在徒然做着努力

从这批书信的具体内容来看，孤独自然是首要的主题。为人熟知的那个"黄金时代"的典故，就出现在1936年11月19日给萧军的信中。"是的，自己就在日本。自由和舒适，平静和安闲，经济一点也不压迫，这真是黄金时代，但又是多么寂寞的黄金时代呀！别人的黄金时代是舒展着翅膀过的，而我的黄金时代，是在笼子过的。"此外，表达寂寞之情的语句在其他信中也屡屡出现，比如萧红曾感慨日本人的生活方式是她不能习惯的，因为太安静了，一到了晚上，竟什么声音都没有了，死寂得可怕，她甚而由此认定日本人过的是反人性的生活。去国离乡，在一个全然陌生的环境里独自生活，对时年才25岁的萧红来说会感到寂寞是相当自然的，这也应在她自己的考虑之中。所以我们要探讨的不应仅仅停留在这种寂寞之情的合理性上，因为在萧红看来，这种寂寞的、只能以书信的方式维系与萧军的联系方式，在那个时期可能反而是更让她感到合宜的。确实，即便从二萧之间的感情这个角度来体察，也并不难发见在这种孤独感的背后，萧红更复杂的心绪。比如在对"黄金时代"的表述中，她提到了"笼子"，并且将自己的处境与他人"舒展着翅膀"的处境进行对比。这"笼子"是什么呢？是现实环境吗？显然不。因为日本时期的萧红恰恰是非常自由的，正如她自己所说的，没有经济压力，也没有家庭的压迫，一切行动自己做主，对比其早年的生活，这难道不正是她千辛万苦挣来之自由的具体表现吗？为什么正是在这样的现实环境下，萧红反而会生出"身处牢笼"这样充满悲凉和无奈的感慨呢？

这"牢笼"，似乎更应该理解为"心牢"，一种精神上的自我捆绑，自我束缚吧。事实上在写完这段话之后，萧红马上补了一句："均（对萧军的昵称）：上面又写了一些又引起你误解的一些话，因为一向你看得我很弱。"这看似轻巧的表达其实是很沉重的，它透露出了萧红的恐惧，她害怕萧军嫌弃她弱。其实在之前的 11 月 6 日，萧红刚给萧军去了一封信，谈到了自己对萧军寄来的一篇新作《为了爱的缘故》的读后感。这篇小说是以二萧的恋爱经历为基础而写成的，有很强的隐射性，因此萧红会在回复中说："你真是还记得很清楚，我把这些小节都模糊了去。"然而对萧军记忆清晰的这些细节，特别是对女主人公"芹"（以萧红作为原型），她又有怎样的评价呢？在信中，萧红用了"颤栗"二字。她说："芹简直和幽灵差不多了，读了使自己感到了颤栗，因为自己也不认识自己了。"她甚至读到了萧军这样刻画芹的深层用意，乃是嫌弃芹那幽灵似的性格"妨害"了他的自由。这对萧红而言，在精神上是非常难以接受的。首先，她再次认识到（在去日之前她应该已经有所认识）在心爱之人眼中的自己事实上是对真正的自己的扭曲，萧军也许并不了解，也不愿更深地了解自己。更重要的是，真实的她自己非但不可能是一个"幽灵"式的女人，而且是一个有着极强的自我认同，有着丰富的个性和创造力的女性。追求独立与自由，摆脱家庭的束缚与漠视是萧红很长时间以来进行抗争的原初动力，而巨大的内在能量竟然没能被萧军发现并得到尊重，反而，在后者眼中，她一直是一个在最落魄的时候被他拯救，经他引导才走上写作道路，并时时需要他来帮助和肯定的弱女子。

　　但对萧军的爱与依赖，又确实是占据了萧红情感生活的绝大部分，从某种程度上来说，萧军也的确在某一个时刻担当起了萧红"救世主"的角色。但现实生活是在不断发展的，当二人的作品陆续发表，萧红的创作力得到普遍的肯定与激赏，双方对自我的认识和定位都需要不断更新。萧红自觉地做到了这种更新，而萧军却没有，他仍然停留在他们最初相识的那个关系结构里，并试图从中一再强化自己的绝对优势。对此，萧红研究专家平石淑子的判断就显得更全面了，她认为："不能将萧红渡日的动机全都归于与萧军的爱情问题，他们经由贫困和流浪最终获得的安定时期（**上海阶段**）反而加大和加深了两人性格的差异，由此所带来的裂痕才是最大的原因。"以萧红的敏锐与聪慧，在感受到这种裂痕所带给她的巨大伤害之后，她虽然看似被动，事实上却一直在主动寻求一种更好的解决方案，去日本待一段时间，也属于其中一种。并且从这些往来频繁的信件中我们依然可以强烈地感觉到萧红想要修复这段关系，改变萧军对她看法的努力。她希望萧军能尊重她的喜怒哀乐，理解她的思想，把她看成一个独立的女性，由此她热切地自我表达，将自己丰富的情绪变化和对新环境的种种感受都融入到这些书信中，其中的真情厚意使人感动。但萧军却一次次打击她，从这些信件中可以得知，自萧红离开上海后，他也随即离开，转去青岛居住，在通书信方面，虽然与萧红时有交通，但热切的程度却远远不如后者。萧红对此是失望的，直至看到《为了爱的缘故》的手稿，这种失望之情可以说是跌到了底部，从而才能产生一种"身处牢笼"之感。萧红意识到，现实中他俩的关系可能是难以弥合的了，只是自己仍然被爱情的牢笼所囚禁，徒然地做着努力罢了。

痛苦与无助中，她尝试着多方的突破，
寻求着未来人生的方向

然而，即便萧红在日期间的个人情感长久地处于低落与苦闷中，这是否等同于她在这半年时间内就毫无收获呢？至少从这些信件中，我们除了可以看到一个情感纤细敏锐的萧红，更能看到一个在写作上始终抱着热情，逐渐蜕变为一名成熟作家的萧红。她频繁地向萧军汇报自己的写作状态和进度，在某一封信中甚至提到有天一口气完成了近五千字，这对病弱的萧红来说实在是不小的工作量。事实上已经有不少研究者将萧红后期在写作方面的突破与1936-1937年的种种变故联系在一起，指出了这一时期的转折性质，它不但促使作家更成熟地思考创作题材方面的问题，更使她对自己的创作观念进行了调整，并最终确定了方向。

1937年1月10日，上海《报告》第1卷第1期刊出萧红的散文《永久的憧憬和追求》，这是她一个多月前在东京时应斯诺之约而写的。斯诺为什么会约萧红的稿，这仍然得益于鲁迅的引荐。1936年5月底，在接受

斯诺的采访时，这位当时文坛的导师级人物列举了许多他认为的优秀青年作家，其中特别提到："田军（即萧军）的妻子萧红，是当今中国最有前途的女作家，很可能成为丁玲的后继者，而且她接替丁玲的时间，要比丁玲接替冰心的时间早得多。"由此可见，萧红在去日本前，凭借着《生死场》至少在上海的左翼文坛已经是一颗冉冉升起的新星，其成就被寄予了充分认可，且前途不可限量。然而正如研究者葛浩文所认为的，《生死场》虽然充分展现了萧红的创作天分，但从整体的结构、主题上来说，并不是那么成熟，风格也尚未稳定下来。在这个节骨眼上，作家若能有意识地调整自己的写作方向，意识到自己真正想写和能写的是什么，这将会决定其未来写作的基本走向。

而在这篇仅五百多字的自叙性随笔中，显然可以看到这种创作的自觉。文章虽然篇幅短小，但完全可以视为萧红对自己前半生的总结以及后半生的规划。首先她含蓄地回答了自己离家出走的初衷，即一种"渴望长大"的冲动。她提到每当父亲打了她，祖父便安慰她说："快快长吧！长大了就好了。"于是，"二十岁那年，我就逃出了父亲的家庭。直到现在还是过着流浪的生活"。可见萧红已经意识到，离家之后的她虽然于患难中遇到萧军，看似获得了拯救，但也因此父亲的权威角色被转移到了萧军身上，从父权到夫权，她的总结是："'长大'是'长大'了，而没有'好'。"之所以没有"好"，一则是因为至今过着"流浪的生活"，但更是因为，这"流浪的生活"并不等同于她最初所期冀的"自由的生活"。她仍然在权力的桎梏中，在寂寞与失落中独自面对这冷漠的人间。然而她继续写道："从祖父那里，知道了人生除掉了冰冷和憎恶之外，还有温暖和爱。所以我就向着这'温暖'和'爱'的方面，怀着永久的憧憬和追求。"也就是说，她在经历了五年的流浪生活，从哈尔滨辗转青岛、上海及东京之后，她最终认识到自己情感的源头及创作的源头，必须从童年，从祖父，从无功利性和不含权力渗透的"爱"中去寻找。她将这"爱"定位成一种"永恒的憧憬与追求"，并将它区别于之前她所经历的大部分带给她痛苦的人际关系。也几乎是在同时，萧红开始创作中篇小说《家族以外的人》，这是她在东京时写作的篇幅最长的一个作品，小说中的主人公有二伯日后成了《呼兰河传》第六章的主人公。

所以，如果这些书信只展示了一个陷入迷惘和苦痛，并因此而显得羸弱无助的萧红，那显然是不完整的，因为在这痛苦与无助中，她同时在尝试着多方的突破，从对过往的总结、对自身的理解和对写作的思考中寻求着未来人生的方向。由此，二萧的分手成了必然，而萧红自己日后成长为现代文学史上杰出的女作家，也成了必然。

和服，西装，印度帽

子张

就连张幼仪都敏感地感觉到了徐志摩从衣服到心性的变化，直到晚年，她还对此耿耿于怀："后来他变了，彻底地变了，他不光换上了西式的衣服，连想法都变成了洋人的。"

和服，西装，印度帽

一

衣装是一个人心性的延伸，自然也是诗人或文人心性的延伸。

现代文人里头，先不说女性，男性文人里边，徐志摩的衣装似乎最有讲究。至少，从身高、形象、着装品位几方面来看，徐志摩似乎最有模特范儿。他的朋友里头，有的形象、气质好，可惜身高不太够，有的身材不错，其他方面却各有欠缺。

徐志摩是特别喜欢照相的，当然这首先应该是有条件，不管怎么说，徐留下的大量照片给后人备足了证据，证明他钟情于衣饰打扮，时髦、时尚、潮。短短的一生，光鲜亮丽。

学童时期的照片不多，一张穿着和服的全身照，还是让人有些惊讶。照片中的志摩，应该十一二岁，还没戴上眼镜，形象正可以跟郁达夫笔下杭州府中的少年徐志摩相对照。大脑门、细身量，左手叉腰，自信满满的表情，气度可真有点不凡。从布景看，大抵是在照相馆拍摄的，只是不知他身上的和服是他自己的居家穿着，还是照相馆提供的。还有，为何要穿和服照相？据说拍照地点是在志摩家乡海宁硖石，这又给人不少想象的空间——当时着和服照相的中国人当然也有，譬如秋瑾、周氏兄弟，但这跟他们留学日本的经历有关。徐志摩虽说1924年陪同泰戈尔去过日本，可这张照片是少年时期的留影，抑或彼时"脱亚入欧"的日本，在中国江南小城亦留下了此等文化印记？

现存徐志摩照片中，穿着西装的留影实在不少，这显然跟他留学美国、英国的经历相关。譬如他在哥伦比亚大学和剑桥大学的留影，都是一身西装，特别是哥伦比亚大学那张，发式也是潮范儿，跟现在年轻人流行的发式很相似，领结也别致，真不愧为追求时尚的富家子弟。

除了这些，在徐志摩嫡孙徐善曾近年出版的徐志摩传记《志在摩登》里，还有几张徐留美留英期间的生活照，也都是穿着不同款式的西装，有的还戴着西式帽子。有两张分别是在美国克拉克大学和哥伦比亚大学期间的照片，克拉克大学那张是徐志摩与另外三个中国留学生的合影，徐志摩正面坐在草地上，其他三人站着，徐善曾为这张照片写的文字介绍也特别强调他们的着装："他们四人均西装革履，面带微笑。可以看出，他们对在美国的留学生涯很是期待。私以为，当时他们虽然还很年轻，但已经意识到他们即将在中国历史上留下浓墨重彩的一笔。"这话并无夸张之处，读读徐志摩那时候写下的家书就知道了。在哥大拍摄的是一张二人合影，志摩是侧影，他的同学手里则持一副网球拍。对此，徐善曾的解读也颇有意思，他认为从这张照片可以看出中国留学生已步入"精英阶层"，生活"惬意无比"。

当时到英美留学的大多出自殷实之家，标榜为"精英阶层"亦是常论，至于生活是否"惬意"，可能因人而异，这里涉及对惬意的理解和每个留学生的实际处境。但至少徐志摩的惬意是真实的，仅从他对学位的态度就可以看出——他放弃了唾手可得的博士学位，挥了挥衣袖，横渡大西洋奔英国哲学家罗素而去。毕竟，不是什么人都可以如此任性的。

此种惬意更可以从徐志摩剑桥生活的留影中解读出来。

《志在摩登》一书附有徐氏家族影集，其中有不少志摩鲜见照片。有一张是年轻的志摩头戴方格鸭舌帽，一身西装，手里推着自行车。一望而知就是摆拍，脸上的表情是兴奋，是得意，这种兴奋和得意会让人想起不少志摩描述剑桥生活的文字。人们最熟悉的当然是这么一段："我在康桥的日子可真是享福，深怕这辈子再也得不到那样蜜甜的机会了……我的眼是康桥叫我睁的，我的求知欲是康桥给我拨动的，我的自我的意识是康桥给我胚胎的。我在美国有整两年，在英国也算是整两年。在美国我忙的是上课，听讲，写考卷，龈橡皮糖，看电影，赌咒，在康桥我忙的是散步，划船，骑自转车，抽烟，闲谈，吃五点钟茶，牛油烤饼，看闲书……"这里说的"自转车"就是自行车。在剑桥骑自行车，徐志摩文章里不止一次提到，《我所知道的康桥》

里就说过："徒步是一个愉快，但骑自转车是一个更大的愉快，在康桥骑车是普遍的技术；妇人、稚子、老翁，一致享受这双轮的快乐。"在《雨后虹》里，他回忆一次看到天要下雨，反而穿上雨衣、袍子和帽子，出门骑上自行车，直奔出去……不用说，那正是徐志摩想要的生命体验。《我所知道的康桥》也写了他在康河学划船的种种，看得出，他对不同的船——普通的双桨划船、轻快的薄皮舟、长形撑篙船，都尝试过，虽说不一定成功。徐氏家族影集里还有一张据说是 1928 年徐志摩在纽约中央公园划船的照片，他的嫡孙为这张照片配的文字说："照片中的徐志摩一身西装，划桨徐行，神情怡然自得，看得出，他其时在东西方世界穿梭自如。"

就连张幼仪都敏感地感觉到了徐志摩从衣服到心性的变化，直到晚年，她还对此耿耿于怀："后来他变了，彻底地变了，他不光换上了西式的衣服，连想法都变成了洋人的。"

二

徐志摩从服装到"想法"的西化，有一位学者将之归结为徐志摩与西方文化的契合，所以他认为"现代中国文人，在西洋活得如鱼得水，徐志摩恐怕是一枝独秀"（赵毅衡《徐志摩：最适应西方的中国文人》）。自然，这种如鱼得水般的融入状态，除了来自徐志摩那种单纯、自信、勇往直前的天性，应该也与江浙一带很早就开始的欧化有关。徐志摩的小同乡木心就说过，当时南方富贵之家几乎全盘西化，在他归纳的三个原因中，第三个是成年人对域外物质文明的追求，便利了少年人对异国情调的向往。向往异国情调加上特别的个人心性，成就了徐志摩在英国那种如鱼得水般的生活，这跟纨绔子弟式的奢靡、数典忘祖或崇洋媚外当然不是一回事。

尤其是，当注意到徐志摩的另一面——在着装方面标新立异而又不弃"国粹"的一面时，此种印象更为深刻。尽管徐志摩对西方文明的热情态度遭到不少人的嘲讽，但显然徐志摩对自己国家固有文明的价值一直有着清醒的判断，否则他不会以同样的热情向英国那些一流人物展示中国的文化典籍，他出手大方地将私藏的中国绘画当见面礼送给曼殊菲尔，他拿着中国书画手卷跟皇家学院的师生热烈交谈，他为瑞恰兹、欧格敦、吴稚各编写的《基础美学》题写"中庸"两个汉字以作点缀，还把家藏的珍贵清版藏书《唐诗别裁集》题赠给他极为尊崇的英国学者狄更生，并应邀为翻译家魏雷介绍唐诗。

这些地方，就见出徐志摩在东西方文明之间那种游刃有余的自如了，他热情地迎合西化而又保有着东方的传统，自然，单纯，不极端，好像对什么都有一种自然而然和恰如其分的判断。时间过去近一个世纪，在经受了太多失度带来的曲曲折折之后，徐志摩那份感觉力的敏锐不能不让人发自内心地佩服。

现在能看到的志摩中装照，较早的是贴在当初赴美身份证明上的那张，穿的是中式长衫，到1922年回国后，多数情况下似乎转以中装为主了。最能说明此点的就是泰戈尔来华时他接待、陪同的照片，除了为鲁迅所讥讽过的"印度帽"，无论在国内还是去日本，至少照片上看到的志摩都是中装。四、五月份，正是季节交替时期，服装的过渡性也很明显，有时是长袍外罩马褂，有时就只是一袭浅色长衫。徐氏家族影集里有张陪泰戈尔访日期间的照片，志摩与泰戈尔秘书恩厚之以及一位日本学者坐在一起聊天，那两位都是西装，唯独志摩着浅灰色长衫。前几年看到徐志摩在日本期间的一段纪录片，穿的也是这样的长衫。从这里似乎看得出志摩着装既讲究又得体的风致，也许在他看来，接待泰戈尔以及去日本，还是穿中式服装最合适吧。礼貌、周全而自然、自信，真是落落大方，风流倜傥。说到这里，似乎还有一点不能不提一下，1928年志摩为了暂时缓解一下与陆小曼婚后产生的苦闷，第二次漂洋过海访美访英，路上给小曼写信不时谈到着装之事，甚至将西装和中装做过一番比较。旅行中他直感叹"穿衣服最是一个问题"，后悔中装带少了。某天在船上换了白哔叽裤和法兰绒褂子，费时不说，衣领还小得不合适，于是发牢骚："穿洋服是真不舒服，脖子、腰、脚全上了镣铐，行动都感到拘束，哪有我们的服装合理，西洋就是这件事情欠通……"结果到晚上还是换回了中装。

看得出，志摩这段议论着眼于"舒服"，是他"任个人"的个性表现，"欠通"的评价也基于此，都是不难理解的。至于在欢迎场合加戴一顶"印度帽"，那应该出于志摩对客人的一份尊重，似乎无须过度解读。鲁迅后来在《骂杀与捧杀》里描述泰戈尔"到中国来了，开坛讲演，人家给他摆出一张琴，烧上一炉香，左边林长民，右边徐志摩，个个头戴印度帽"，显然语含讥讽。周作人在纪念志摩的文章里则淡化这层讥讽的意思，说是"有人戏称志摩为诗哲，或者笑他的戴印度帽，实在这些戏弄里都仍含有好意的成分，有如老同窗要举发从前吃戒尺的轶事……"

除了这头戴"印度帽"的照片，志摩也留下过一张在印度着印度装与泰戈尔的合影，那又该怎么解读呢？联系徐志摩对泰戈尔的尊崇和他那单纯的信仰，或许仍然可以往胡适所谓"爱、自由、美"上理解吧。

三

当初徐志摩嫌弃张幼仪"土"，可是看他与张幼仪的合影，两个人从着装上倒都很洋气。特别是张幼仪初到英国时的打扮，无论是个人照还是与徐志摩合影中的西式女装，都称得上时尚高雅，丝毫看不出徐志摩所谓"土包子"的痕迹。当然，这可能是徐志摩刻意为张幼仪量身定做，意在拉近二人的距离，或可以给别人看。

换个角度看，志摩跟幼仪的西装合照，洋气是洋气，可总觉得"摆拍"的痕迹明显，不那么自然，特别是张幼仪乃是典型的中国女性，生活习惯、个人气质都跟西化不着边儿，所以看幼仪后来的中装照，就顺眼多了。幼仪虽然算不上美女，而一旦穿上旗袍，梳上发髻，东方女性的气质之美就立马显现出来了。我总是想，如果志摩能"忍"过青年期，等人到中年，欲与美的需求淡下来之后，会不会重新打量自己与张幼仪的婚姻呢？

到了1926年第二次婚姻，徐志摩与陆小曼的一帧合影却又显示，小曼是中式旗袍加西式婚纱，志摩则是马褂长袍，这与他回国之后多着中装的习惯是一致的。有意思的是，陆小曼花容月貌之外，着装上倒是并不崇洋，看她的照片，也多为中装，只是款式新，时尚而得体。当然，跟那个年代的风俗一样，他们也往往会取中西合璧式，譬如外面着中式的长袍长衫，而裤子、皮鞋甚至一些小点缀又是西式的，这也符合那个年代新式文人的着装风格，或者于不经意间流露出的一点东方本位甚至"中体西用"意识？

除了照片，不少友人也通过文字留下了对志摩着装的印象，同样说明这位追求时尚的诗人对衣装的看重。

徐志摩第一次从英国回国那年，梁实秋在清华看到的徐志摩则已换上了中装，他的描述极为细腻传神："我最初看见徐志摩是在 1922 年。那是在我从清华学校毕业的前一年。徐志摩刚从欧洲回来，才名籍甚。清华文学社是学生组织的团体，想请他讲演，我托梁思成去和他接洽，他立刻答应了。记得是一个秋天，水木清华的校园正好是个游玩的好去处，志摩飘然而至，白白的面孔，长长的脸，鼻子很大，而下巴特长，穿着一件绸夹袍，加上一件小背心，缀着几颗闪闪发光的纽扣，足蹬一双黑缎皂鞋，风神潇散，旁若无人。"（梁实秋《徐志摩与〈新月〉》）

同时期也成为志摩友人的文学研究会作家王统照，在志摩去世后还记得他们第一次见面的情景，其中也写到了志摩的样子："志摩从松荫下走来，一件青呢夹袍，一条细手杖，右肩上斜挂着一个小摄影盒子。"（王统照《悼志摩》）这句话信息量甚大，不但衣服是中式的，还有一条风雅的手杖，从那肩上斜挂的"摄影盒子"是不是还能看到不为人知的另一面：志摩还是中国最早的摄影爱好者之一。这从志摩自己的书信中也能找到证明，不过这个话题以后再说。

徐志摩在北京大学任教时的学生许君远也曾在文章里描述过自己这位老师的风度，先是1924年4月徐志摩陪泰戈尔在北京讲演时的样子："他那颀长的身材，白皙的面孔，上额稍突的头部，与那齿音很多的不纯粹的京音，已予我以深刻的印象。"到第二年冬北大红楼讲课时，他的印象则是："但'诗'是讲的不很出色，虽然选课的人也不少。不过他的谈吐很有趣味，说话也没拘束，尤其讲到某文学家的轶事琐闻，特别令人神往。他喜欢雪莱，关于雪莱说的十分详尽（**按：此文开端还讲到徐志摩说'雪莱天性极醇，肯以十镑金票，折叠成船，放在河里教小猫坐'**）。他甚至于说到雪莱之作无神论，《小说月报》误作'雅典主义'，'被缺德带冒烟的成仿吾见到了'（他喜欢说北京俏皮话的），于是乎大开笔战。时候是冬天，他穿的是紫羔青绸皮袍，架着浅黄玳瑁边眼镜，因为身材高，他总是喜欢坐着，坐在讲台桌的右面。对于装饰他很讲究，不过对于衣服他并不知道珍惜；鼻涕常常抹在缎鞋上，而粉笔面永是扑满于前襟。这种种很能代表出他那浪漫而又清雅的个性，很能表现出他那优美可敬爱的灵魂。"（许君远《怀志摩先生》，原载 1931 年 12 月 10 日《晨报·学园》，据舒玲娥编选《云游：朋友心中的徐志摩》，长江文艺出版社 2005 年）由这段绘声绘色的记载，可知志摩虽然富足、时尚，着装讲究，可也有无意中流露散漫、随性甚至邋遢的一面。

徐志摩不只自己着装讲究，对别人的着装也比较留意。他在英国拜访曼殊菲尔时，尽管只有短短的二十分钟，他还是仔细捕捉到曼殊菲尔包括着装在内的种种细节，他看到曼殊菲尔烁亮的漆皮鞋、闪色的绿丝袜、枣红丝绒的围裙、嫩黄薄绸的上衣、尖开的领口，以及挂在胸前的一串细珍珠和齐及肘弯的袖口，甚至还细致描绘了曼殊菲尔的黑发和发式，略带夸张地表示曼殊菲尔头发的美是他"生平所仅见"。徐志摩另一个学生何家槐回忆说，老师对他的关怀还包括改变生活习惯的劝说，比如穿衣服不要太随便，起码要成个样子，等等。

四

从某些方面说，衣装的确是一个人心性的延伸，虽然不能由此窥察其全部人格，毕竟也算一个有趣的角度。不过那只是在正常情况下，遇到无力支配包括着装在内的个人行为的时候，就只好另当别论了。

1931 年 11 月 19 日，徐志摩因坠机意外身亡。那次仓促之行，他竟未遑照料自己的行头，死后蔽体的寿衣在朋友们眼里更是"全然不相称"。一生追寻自由和美的志摩，不意最后陷入此种无奈和尴尬。

本来，徐志摩最后离开上海的家，就先与陆小曼有过一番争吵，自然是走得匆忙。当晚在友人张歆海家停留时，因屋里热而脱去长袍，女主人韩湘眉看到他穿的是一条又短又小的西装裤子，腰间竟然还有个窟窿……裤子不合身，穿上外衣也就遮掩过去了。飞机在南京机场停留时，有机场职员见过徐志摩，说是他乘机时穿的是长袍，外罩黑呢子大衣。

谁也想不到的是，飞机在济南南郊失事了，徐志摩连同两位司乘人员全部遇难。在后来关于诗人死后的种种描述中，也有人提及志摩的遗容和遗物，不难想象飞机撞山起火后狭窄机舱内的惨烈情景，以至于"遗物仅剩丝棉长袍一块，长二尺宽一尺，四围有烧痕。衬衣剩两臂及脊部一条，袜一只"（《诗人遗容未现苦楚——张奚若君谈话》，《北平晨报》1931 年 11 月 25 日）。

沈从文在青岛大学闻讯后，当夜乘胶济铁路火车赶往济南，翌日在济南一个小庙里，见到躺在棺木中的诗人："棺木里静静地躺着的志摩，戴了一顶红顶绒球青缎子瓜皮帽，帽前还嵌了一小方丝料烧成'帽正'，露出一个掩盖不尽的额角，右额角上一个李子大斜洞，这显然是他的致命伤。眼睛是微张的，他不愿意死！鼻子略略发肿，想来是火灼炙的。门牙脱尽，与额角上那个小洞，皆可说明是向前猛撞的结果。"（《三年前的十一月二十二日》，《大公报》1934 年 11 月 21 日）多年后，沈从文又在《友情》中回忆当时场景，描述略有不同，比如写到棺木中的志摩："已换上济南市面所能得到的一套上等寿衣：戴了顶瓜皮小帽，穿了件浅蓝色绸袍，外加个黑纱马褂，脚下是一双粉底黑色云头如意寿字鞋。遗容见不出痛苦痕迹，如平常熟睡时情形，十分安详……"同时也对志摩最后的着装说了几句感慨的话："志摩穿了这么一身与平时性情爱好全然不相称的衣服，独自静悄悄躺在小庙一角，让檐前点点滴滴愁人的雨声相伴，看到这种凄清寂寞景象，在场亲友忍不住人人热泪盈眶。"（《新文学史料》1981 年第 4 期）

不必说穿什么寿衣自己做不了主，身后所有一切又能如何？诗人逝世快有九十年了，这期间世事巨变，声名毁誉亦几经反复，想想他最后那身与平时性情爱好全然不相称的寿衣，不妨说也成了一个隐喻。

还原一个真实的郑苹如

龚金平

　　她或许没想到她从事的工作会时刻命悬一线，她从未预料她的人生将会与血腥泥污交织在一起，她更未察觉她的一举一动早被"76号"的李士群所掌握，更无从知晓她其实早被"中统"的叛变特务出卖了。郑苹如更不会想到，她付出巨大代价去刺杀的丁默邨，后来又与国民党暗通款曲，甚至一度得到高层免死的保证。

提起郑苹如，大多数人头脑中可能只有一些模糊又刻板的印象，如时髦女郎、风流女性、上海滩名媛、中统特务、"爱上汉奸"的痴情女……一位带着凛然正气的爱国志士，被后人无端涂抹上桃红色的腮红，打扮成没有家国观念的"商女"，这多少令人遗憾和痛心。

而当年抗日战争结束后的一些报道中，又为郑苹如添加了一圈侠肝义胆的光环，使其形象更为伟岸和挺拔；对于郑苹如参加"中统"的原因，当时的民众想当然地归结为郑苹如父亲的教导与鼓励；对于郑苹如在"76号"魔窟的遭遇，一些记者和撰稿人用文学性的语言臆想其酷烈与残忍。这些，同样不是事实。

郑苹如一家算是满门忠烈，正如之洲在《找寻郑苹如骨骸——访一个忠义之家》一文（《快活林》1946年第四十四期）中所说："一门中，一个守节（郑钺，郑苹如的父亲），一个成仁（郑海澄，郑苹如的弟弟），一人就义（郑苹如）。是的，他们一家是对得起国家了。"但是，不顾事实地美化郑苹如并不是对历史负责的态度，可能也是对郑苹如的不尊重。换言之，如果能通过回到历史现场的方式，探询郑苹如真实的心路历程，并不会折损她满怀爱国热情的光辉形象，反而可以在更加细腻的心理描摹中，见证一位有着锦绣前程的少女，如何在主动与被动的姿态中卷入时代的浪潮，以悲壮的方式书写自己的人生画卷。

当年是上海滩名媛淑女的典范

郑苹如当时在上海，可谓不是明星的明星，身影不时出现在大大小小的报刊上。在 1933 年第六期的《妇人画报》中，特别介绍了三名"上海女中高才生"，郑苹如位居中间。1933 年第五卷第三期的《时代》封面，也是郑苹如。1937 年 7 月，第一百三十期《良友》封面，也用了郑苹如的照片……

这证明，郑苹如当年也算上海滩的名人，是名媛淑女的典范。在这种被人追捧、被聚光灯照耀的处境中，郑苹如一度萌生了当电影明星的念头。可惜，她的父亲比较古板和保守，认为电影明星与名门闺秀不匹配，强行阻止。

无法做明星的郑苹如多少有点失落，于是开始迷上了拍明星照片。她常常到王开照相馆模仿一些明星的姿态拍照，有的还被陈列在王开照相馆的大橱窗内，或者刊登在一些刊物的封面上。这时的郑苹如多少会有少女式的虚荣与骄傲，对于未来的憧憬弥漫着粉色的甜蜜。

后来，郑苹如就读于上海法政大学，父亲是当时最高法院上海特区分院首席检察官，不出意外的话，郑苹如的未来将是光明而平坦的。那么，郑苹如为何要加入"中统"，从事危险又容易败坏名声的间谍工作？

关于郑苹如加入"中统"的详细情况，郑苹如的妹妹郑静芝（曾名郑天如）2009 年接受采访时曾说，郑苹如对于"中统"完全是义务帮忙的性质，"姐姐的条件（为"中统"工作）是不管怎样，你中统不能泄露我的名字，我帮你们忙，一有消息就告诉你们，可是你们千万不能有底子"(《郑苹如妹妹述说家史》，贵州人民出版社）。笔者认为，这个说法比较符合实际情况。

郑苹如固然有从事间谍的天然优势：上海名媛、母亲是日本人、父亲是司法界高官，但是，这种特殊的出身和比较优渥的家境，一般不会令人对政治有狂热的热情，更谈不上有坚定的政治信仰。郑苹如从事间谍工作，当然与她自发朴素的爱国心有关，但她并不想完全偏离正常的生活。因此，郑苹如希望用"业余兼职"的方式，并不纳入"中统"的名册。

当时看中郑苹如的人，叫陈宝骅。他是陈立夫的堂弟，与郑苹如的父亲郑钺也有不错的私交，因而有机会认识郑苹如。

从未全身心投入做间谍

那么，不想成为职业间谍、当时已有高大帅气未婚夫的郑苹如，为何又同意牺牲色相，谋刺丁默邨？这是一个从常理很难推导的难题。一些报纸只好用爱国热情加以笼统的解释，也有些人理解为她是出于无聊、好奇、追求刺激而参与刺杀汉奸的行动。由于郑苹如从未就此进行任何解释和说明，后人自然无法觅得她的心理轨迹，但是，通过还原时代背景，我们还是可以找到一个独特的思考角度。

1932 年 6 月，有一部美国影片在上海上映，英文名是《Mata Hari》，中文译成《奈何天》，改编自第一次世界大战期间风靡全球的真实间谍玛塔·哈丽的故事，由当时著名的影星葛丽泰·嘉宝主演，极具卖点。1946 年，郑振铎撰写了《一个女间谍》一文，乃为褒奖和纪念郑苹如而作，但开篇正是从《Mata Hari》写起。

《奈何天》上映前，上海的报刊进行了重点宣传，突出其传奇与惊险，香艳与刺激。对于漂亮时尚、一度想当电影明星的郑苹如来说，她不可能没看过这部影片。

1940 年 1 月 16 日，郑苹如被捕一个多月之后，她从汪伪特工总部（"76 号"）给家人寄了最后一封信，全文如下：

亲爱的二弟：

上次送去的信看到了吧！家里都很好的

吧，我是每天都想念着你们的，我在这里很好，和同房间的太太谈谈说说，也不觉得寂寞，不过有时很想家。

爸爸妈妈身体都很好吧，妈妈的手好了没有，真是挂念，小妹妹呢，她很用功吗？常常倍（陪）母亲去看看电影，我在报上看到大光明电影很好，你们去看过没有。大熊有信来吗，请爸爸代我去封信，说我生伤寒不能握笔，这事托你要办到。人家欠的钱请你负责去取，我在这里很好，请家里放心。

祝健康！

苹如一月十六日

培培亲爱的你好吗，学校放假了没有，这次考第几名，是不是考第一名，我想假使你唱歌和体育考的（好）点。

大阿姨写

从这封有点絮絮叨叨的家书中，我们发现郑苹如当时的收押环境比较宽松，可以看报，可以和同房的太太聊天，也没有受刑。即使考虑到宽慰亲人的目的，信中没有传递任何焦虑与恐惧情绪，但郑苹如的心态总体比较放松，对于走出监牢可能也充满信心。在信中，郑苹如问候了家里的所有亲人（除了不在上海的大弟弟），亲切随和，真挚深情，一看就是一位温婉细腻的女性。同时，郑苹如也关心她的未婚夫大熊（王汉勋），托父亲代她写信。这进一步证明，郑苹如从来没有把做间谍当作全身心投入的事业，更未怀着必死的信念，否则，她不会陷入与王汉勋的热恋中，甚至一度谈婚论嫁。

如果郑苹如接受过"中统"的正规训练，自然知道从事间谍工作的艰险。而且，一旦进了"76号"，一般人都知道凶多吉少。在这种背景下，郑苹如理应交代她与王汉勋的后续，如托弟弟去信，叫王汉勋别择良缘。但是，郑苹如全然没有这种想法，她可能真的不知道事情的严重程度，对于做间谍的风险缺乏理性评估。

将她称为英雄和烈士，名至实归

从心理学的层面来说，一个人在青年时期正是对未来充满幻想的时期。陈宝骅在招收郑苹如时，可能对她进行了适当的吹捧与抬举，夸大其魅力与能力，鼓励她追求"自我实现"。而对于人生"鲜尝败绩"的郑苹如来说，做成别人做不到的事情，必然也会有一种在冒险中得到满足感的愉悦。再加上《奈何天》这样的商业电影以及当时流行的间谍文学，夸大了美女间谍的冒险、香艳、浪漫色彩，使涉世不深的郑苹如不知深浅地以身涉险。

至于郑苹如后来如何认识、接近、谋刺丁默邨，后人写的文章五花八门，许多史学家和档案工作人员也说不清其中的逻辑过程，武断地认为对于一位爱国者来说，杀一个汉奸根本不需要理由。在所有资料中，笔者依然认为郑静芝的回忆有一定的说服力。郑静芝在接受采访时说，当时任常、嘉、太、昆、青、松六县游击司令熊剑东被丁默邨抓捕后，熊剑东的太太向丁默邨求情，丁默邨提了三个要求，其中一个就是关于郑苹如的。郑静芝通过熊太太之口转述丁默邨的话："有一个女的，常常跟另一派日本人（反战一派）在一起，长得很漂亮，有人说是日本人，有人说是中国人，对我们非常不利……我一定要认识她。"（《郑苹如妹妹述说家史》）

假如郑静芝的回忆没有出现偏差，我们会发现，郑苹如是因身份特殊、外貌出众而被丁默邨盯上的，这也符合丁默邨好色的本性。或者说，郑苹如最开始是被陈宝骅劝诱加入"中统"，又被熊剑东的太太出卖被引荐给丁默邨，最后才是"中统"顺水推舟安排郑苹如行刺。在这个情节链条中，最初的动力来自郑苹如的爱国情怀，催化剂是她爱冒险的性格，后面的一切就有点身不由己的意味。

但这仍然无损于郑苹如作为一名爱国者的光辉。综合各方面的材料来看，郑苹如在被捕之后，总体表现称得上是大智大勇，她为了保护组织而将刺杀丁默邨的动机归结于男女之间的争风吃醋，在得知将被处死时，她表现得平静从容，有视死如归的气概。

今天，我们将郑苹如称为英雄和烈士，是名至实归的。她或许没想到她从事的工作会时刻命悬一线，她从未预料她的人生将会与血腥泥污交织在一起，她更未察觉她的一举一动早被"76号"的李士群所掌握，更无从知晓她其实早被"中统"的叛变特务出卖了。郑苹如更不会想到，她付出巨大代价去刺杀的丁默邨，后来又与国民党暗通款曲，甚至一度得到高层免死的保证。

斯人已逝，但是围绕她留下的无数谜团，却在后世氤氲成障人双眼的薄雾。其实，只要有心，我们依然可以拨开历史的迷雾，走近一位平凡而伟大的女性。这位女性，不因"伟大"而动人，反而因"真实"才更感人。

劳伦斯·阿尔玛 – 塔德玛

（Lawrence Alma-Tadema　1836—1912）

　　英国维多利亚时代的知名画家，他的作品以豪华描绘古代世界（中世纪前）而闻名。他借由花朵、金属、陶器，尤其是大理石等强烈的反射物质，将古代生活的场景融入当代的感觉——温和的情绪及幽默。好莱坞拍电影时，会借鉴他的场景进行布置。

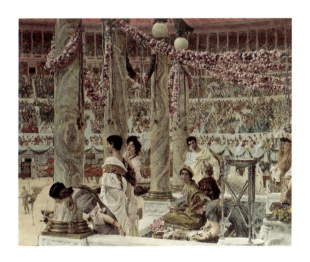

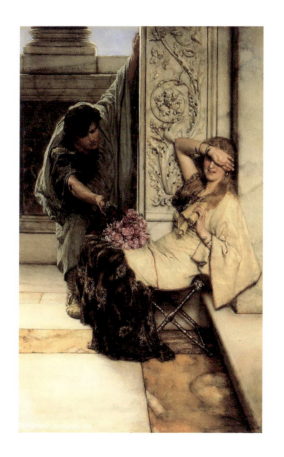

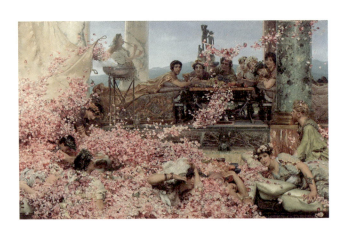

母亲陶琴薰的闺蜜们

沈宁

　　我们那时住在东单一个极破旧的小阁楼上，狭窄的木楼梯没有灯，黑洞洞的，马阿姨走上楼的脚步犹犹豫豫，走一步停一停。我听到了，开门出去，却是马阿姨。听到是马阿姨来了，母亲挣扎着从床上起来，张着两手，迎接她的朋友。两个闺蜜，相隔二十多年，终于重逢，相拥而泣。

我的母亲陶琴薰，是民国名人陶希圣的女儿。

一般来说，女人情感比较细腻，需要寻求慰藉，所以女人大多有闺蜜。

母亲一生中，有几个闺蜜。抗战发生之前，外祖父在北京大学做教授，母亲在北京读初中，交到第一个闺蜜。母亲几十年后还记在心里，对我讲过几次，她叫姜硕贤。可是没多久，姜硕贤跟随男友，双双奔赴延安，从此断了联系。

母亲在香港读书，也交到一个闺蜜黄泳荠，我们称她黄阿姨。高二时母亲以同等学力，考取了西南联大。黄阿姨读到高三毕业，也考上西南联大，她到昆明的时候，母亲已经转学到重庆中央大学去了，可是两人保持了几十年的亲密。

除了初中时代北京的姜硕贤和高中时代香港的黄阿

姨，母亲的其他几个闺蜜，都是在大学里交到的。

陈布雷先生的小女儿陈琏

母亲的闺蜜中，第一个要说的是陈琏。据父亲母亲描述，陈琏脸圆圆的，常常带笑，言谈举止文静中含着活泼，娴雅中透着聪慧，既是大家闺秀，又平易近人。20世纪50年代，母亲与陈琏同在北京生活和工作好几年，却因为政治原因，一直未能见面。我也从未见过陈琏，没有当面叫过她一声阿姨，很是遗憾。

虽然陈琏是母亲的闺蜜，但她与我的父亲相识更早，而且两人曾有过一段甜蜜的初恋。陈琏是陈布雷先生的小女儿，布雷先生是浙江慈溪人，与沈家是同乡。嘉兴沈家，上溯五代之祖，于明末年间，由浙江慈溪沈师桥故居迁到嘉兴。布雷先生的两位女公子陈琇和陈琏，与我的父亲在杭州师范同学。陈琇与父亲同班，读高中师范科，陈琏比父亲低一班，读幼稚师范科。父亲说，布雷先生的夫人因生育陈琏难产而逝，布雷先生十分悲痛，给小女儿起名怜儿，意思是每看到她，便会涕泪涟涟。

当时杭州师范学校管理非常严格，父亲和陈琏虽然相互认识，见面讲话并不多。但父亲对美丽的陈琏，却一直很仰慕。他十六岁，读高二那年，大胆给陈琏写了第一封信。不想很快接到陈琏的回复，于是两人开始青春的来往。父亲高中毕业，回乡教书。同年陈琏叛逆家庭，拒绝做幼稚园老师，转学到杭州高级中学读书。陈琏转学，父亲不觉惊奇。陈琏曾对父亲说过，她绝对不学做饭缝衣这些传统女人的事情。第二年父亲到上海参加普通文官考试，被录取，分到上海市教育局做实习员，继而考入上海暨南大学历史系。而陈琏则跟随家庭，内迁陪都重庆，读完高中。其间两人继续保持密切通信，陈琏开始表露对父亲的爱意。之后，陈琏考入昆明西南联大，接触到中共西南联大学生支部书记袁永熙，开始投身革命，她的少女柔情和人性温馨逐渐淡漠乃至消失，与父亲通信也中止。

太平洋战争爆发，上海暨南大学内迁福建，父亲又跟随亲戚到达重庆，转入中央大学外文系。陈琏的姐姐陈琇也在重庆中央大学外文系，可是父亲因为在上海工作一年的关系，比陈琇低了一班。命运弄人，同一年陈琏也从西南联大转学到重庆中央大学历史系，与父亲再次同学。父亲后来说，他看得出来，陈琏对于与父亲重逢，起初十分兴奋，经常来往，常常隐晦地对父亲讲些革命道理，还曾借着帮父亲找人补课赚些收入，介绍父亲与中共地下党组织的人员会面。可是，后来陈琏终于明白父亲跟她走不到一起，便与父亲断绝了来往。据一本名为《两代悲歌》的书中记载，陈琏一直保存着父亲写给她的情书，用粉红色的丝带捆绑着，压在箱底。

正是陈琏选择革命人生而逐渐淡漠与我父亲恋爱的这段时间，她与我母亲相遇了。母亲与陈琏同年考入昆明西南联大，母亲在中文系，陈琏在历史系。我的外祖父陶希圣先生与陈布雷先生同事多年，布雷先生长我外祖父几岁。两个女儿家庭和身世都比较相近，来往自然密切，又曾一度同过宿舍，遂成闺蜜。后来两人又同年转学到重庆中央大学，继续同学，一直保持着闺蜜友情。

当时的西南联大，由两类学生组成。一类是埋头读书的人才，像杨振宁、李政道先生，还有我的母亲和舅舅陶鼎来先生等。这批人中，有许多后来都成了中国科技学术界的大腕，甚至获得诺贝尔奖。母亲最喜欢给我讲的西南联大故事，是她如何听朱自清教授讲课，她的作文如何经朱自清教授批改。每次提起，眉飞色舞。西南联大另一类是进步学生，革命青年，陈琏乃其中之一。这批人中有许多后来成为中共的领导者。虽然当时陈琏和母亲志趣不同，接触的人也不同，但是涉及个人隐私的话题，比如谈论杭州师范的经历，与父亲的亲密通信等，陈琏自然无法与她的革命同志分享，便只能找母亲私语。所以母亲在西南联大时，还没有跟父亲见过面，便已经从陈琏那里经常听到父亲的名字，也知道父亲出身世家，是个英俊博学的翩翩君子。

西南联大当时在中共地下党组织的领导下，学生运动活跃，经常开展读书会、歌咏会、朗诵会，办墙报，印小报，上街宣传，募捐，演戏，甚至抗议教授上课，赶走校长等。母亲讲到这样的故事，我总会很觉吃惊。就我自己的所见所闻，20 世纪 50 年代，北京乃至全国各间大学，所有学生都是乖巧的绵羊，从来没有发生过任何学生运动，更绝对没有学生敢公开抗议教授讲课，甚至群起而把校长赶出校门。

母亲对我讲过，在重庆的时候，布雷先生和外祖父同在委员长侍从室工作，布雷先生是外祖父的顶头上司。外祖母一家到达重庆之前，外祖父就住在上清寺布雷先生的楼上。母亲转学到中央大学之后，每到周末，总要迫不及待从中大所在的沙坪坝赶往重庆，与外祖父团聚。好几次她约陈琏同行，都被婉言谢绝。母亲觉得很奇怪，以为陈琏与布雷先生不大和睦，当时母亲并不知道，陈琏那时已经是中共党员，要跟自己的反革命父亲划清界限。我想，布雷先生那么智慧的人，一定早已觉出女儿的背叛，只是爱女之情笃深，不肯点破而已。

虽然陈琏极力躲避布雷先生，但中共却要尽可能地利用她这层父女关系，从事政治军事等秘密活动。抗战胜利，陈琏大学毕业，到北平教书，与党内上级袁永熙先生结婚。他们在北平举行盛大婚礼，利用布雷先生的地位，联络大批国民党政要，开展地下工作。

很快事发，陈琏和袁永熙夫妇被北平警局逮捕，因为涉及布雷先生的身份，二人被移送南京关押，交由国府处置。尽管政治立场对立，毕竟父女情深，布雷先生征得蒋介石许可，出面将女儿保释出狱，送回老家慈溪隐居。袁永熙出狱后，中共安排他在南京卧底，于是陈琏回到南京，继续利用布雷先生的关系，从事地下工作。父亲告诉我，在南京期间，陈琏多次开动布雷先生的座驾，为中共传送机密情报，车子挂了特别牌照，军警不敢阻挡。布雷先生自杀后，陈琏夫妇接受指示离开南京，转移到苏北中共根据地。

父亲回忆，陈琏在北平被捕，他和母亲都听说了，十分吃惊。这时父亲才明白，当初陈琏为什么跟他断了恋情，而母亲也才知道陈琏居然是共产党员。然而对于母亲，陈琏还是陈琏，自己的大学闺蜜。所以陈琏转移苏北，途经上海，母亲仍旧招待她在狄斯威路自己家里小住几日。

但是自陈琏离开上海后，同母亲再没有见过一次面。

时局骤转，国民党兵败，外祖父跟着南撤台湾，中共随即建政。陈琏和袁永熙双双进北京，陈琏任共青团中央少儿部长，袁永熙做清华大学党委书记。

1953 年秋，父亲只身从上海调入北京，参与筹建外文出版社。为了表示对知识分子的重视，社里发给父亲一张票，请他"十一"到天安门观礼台，观赏阅兵和游行。好像冥冥之中早有安排，同一观礼台上坐满了人，父亲却偏偏与陈琏相遇。此时两人地位悬殊，已如天壤。父亲事后感叹，当时他就看出，陈琏初见到他，瞬间露出喜悦之情，随即收起笑容，寒暄几句，匆匆离开。父亲那时已稍懂些政治，能够断定陈琏迫于巨大的压力，刻意拉开同父亲的距离。父亲写信给上海的母亲，讲这件事，母亲才懂得，当年在重庆，陈琏为何与布雷先生尽量少来往。

有了父亲在天安门观礼台上的遭遇，母亲搬到北京之后，再也不敢找陈琏联络。父亲母亲带了我们，到北大清华去看望他们当年的教授，几次提及想到袁永熙家去看看陈琏，却终于一次都没有去过。虽然见不到面，母亲还是一直很关心陈琏的情况。母亲在《人民日报》上读到一篇有关陈琏的报道，大受鼓舞，自己动手给周恩来总理写了一封信，从而获得特殊照顾，能够在国内最封闭的年代，同台湾的外祖父通信联系，聊解心中的苦苦思念。仅此一点，我必须对陈琏阿姨表示最崇高的敬意。

这篇报道说：1956 年 2 月 6 日，在北京召开的全国政协大会上，陈琏发表了一个讲话。她讲话之后，受到中央关注，《人民日报》上刊出陈琏讲话全文：

我想以自己的经验，对于知识青年，特别是社会主义敌对阵营里的儿女们的进步问题，说一些意见。也许在座的有的同志知道，我是陈布雷的女儿。十几年前，我也是一个怀抱着热情和苦闷的青年学生，为了寻求抗日救亡的途径，我找到了共产党。党把我引导到革命的道路上来，使我不但看到了民族解放的前途，也看到了社会解放的前途，我的苦闷消失了。我听党的话，工作着，学习着，前进着，我感到无比的温暖和幸福。十几年来，由于党的教育，我获得了一定的进步，我现在是青年团中央委员会的委员，并担任着青年团中央少年儿童部的副部长。

从我自己走过的道路，我深深地感觉到：正是因为党是以国家和人民利益为依据的，因此，它对于一切有爱国热情的人，不管他是什么人，都是欢迎和爱护的。可是我听说，目前还有一些出身剥削阶级和反动家庭的青年，为自己的出身感到烦恼，说什么恨只恨阎王爷把我投错了胎，我认为这是完全不必要的。假如说在解放以前，一个出身剥削阶级和反动家庭的青年还比较不容易认清党的话，那么在今天，党就像太阳一样，普照着大地，抚育着我们每一个人。我们没有办法选择我们的出身之地，但是，我们完全能够选择自己要走的路，只要我们认对了方向，而且肯于努力，在我们每一个人的面前，都是有宽广的道路和远大的前途的。

1957 年袁永熙被划为右派，撤去清华大学党委书记之职，锒铛入狱。陈琏被迫离婚，离开北京，南下上海。母亲听说后，难过了很长时间。

那个时候，母亲在全国总工会编译处任职，有领导在党委会上说：陶希圣的女儿，不可能不是右派。只此一句话，母亲成了右派分子。幸得编译处同志力保，没有被赶到甘肃劳改农场。母亲在办公室每日忍辱负重，压抑着冤屈和愤怒。但她为了保护我们三个孩子，终日不声不响，维持着生活。多少个夜晚，母亲忍耐不住心中的委屈，待我们都睡了之后，便朝父亲倾诉。有时两人会争执起来，直至大吵，跑出门想去办离婚。我们几个哪里还能睡觉，都缩在床上等待父母归来。我们曾经讨论，如果父母分家，谁该跟随父亲，谁该跟随母亲。结果父亲母亲跑出去几趟，到底没有离婚，我们的家庭保存下来。

有两次他们吵架，我听到母亲哭诉：父亲现在不得意，都是因为她，她的家庭出身，她对不起父亲，她必须离开父亲。母亲说，如果当年父亲坚持跟陈琏要好，能够跟陈琏结婚成家，那么解放以后，父亲一定会过上好日子。每次听见这个话，父亲就会说那是无稽之谈。陈琏在中央大学的时候，已经是共产党员，直接受袁永熙领导，哪里可能接纳别人。

陈琏回到华东以后，消息越来越少。"文革"期间我到上海访故居。临行前，母亲特别嘱咐我，设法打听一下陈琏的消息。我在上海，到华东局去看大字报，可惜没有什么收获。后来听说去世了。

母亲获知噩耗，许多天默默无语。我想母亲一定是回想到她们各自的父亲，她们两人的同学生活，她们遭到政治影响的闺蜜友情，以及她们共同的不幸。

杨静如：翻译家杨宪益先生的妹妹

我的母亲考取西南联大，读的是中文系，做朱自清的学生。母亲自幼热爱文学，读书写作当教授，曾是她年轻时代的梦想。可是母亲转学到重庆中央大学之后，改了专业，到外文系，读英国文学，想从欧美文学中汲取营养，以求更好地写作。于是我母亲结识了同在重庆中大外文系的杨静如阿姨。静如阿姨是中国著名的翻译家，英国作家勃朗特写的《呼啸山庄》是静如阿姨译的，署名杨苡。勃朗特姐妹是母亲钟爱的英国作家，我相信她与静如阿姨在中大读书时，肯定同是勃朗特姐妹的书迷。我小学时候乱翻家里藏书，看到这本《呼啸山庄》，静如阿姨签名送给母亲的，可是苦读不解，要母亲讲，于是听到静如阿姨的故事。

因为听到讲静如阿姨的故事，父亲参加进来，讲起静如阿姨的哥哥，杨宪益先生。

杨宪益先生1940年从英国归来，到重庆中央大学任职，教授一年级英文。中大一年级英文课不在沙坪坝校本部上，而在柏溪分校。我的父亲母亲1942年转学到中大，已经读二年级，所以没有上过杨宪益先生的课。但是那时杨宪益先生是中大的教授，父亲是中大学生，后来与杨宪益先生同事多年，一直还是尊杨宪益先生为老师。

我的母亲是从昆明西南联大转到中央大学的，而静如阿姨也是从西南联大转来重庆读中大。母亲低静如阿姨两级，同在外文系，很快成了闺蜜。母亲说，静如阿姨在大学里把母亲叫作陶陶。那个叫法，我觉得很好听，很有文学味道。静如阿姨的女儿至今仍然称呼我的母亲陶陶姨。我们至今也仍然称呼静如阿姨，无法叫她杨苡先生。

不过一些简易平房作教室、宿舍、办公室，或者图书馆。校园里有一个运动场，也没什么规模。只有一个大礼堂，算是稍有气派。1944年蒋介石亲任中大校长，来学校视察，在这个大礼堂里演讲，父亲母亲跟全校师生一起，站在礼堂里听，没有座椅。

校园中心是一个小山坡，叫作松林坡。坡下坐落教室和饭堂，后坡是男生宿舍，八个人一间，四张双人床，四个小桌子。前坡一边是校部办公室，另一边是女生宿舍，像个大谷仓，全体女生都住在里面。静如阿姨曾经绘声绘色给我讲，有一次蒋介石校长到学校来视察，要看看女生宿舍。他带着随从和校领导往女生宿舍走，碰见一个清洁工蹲在路当中。蒋介石说："请你让一让吧。"那老人不认识蒋介石，理也不理。随从们要上前去赶他，蒋介石挡住了，带着他的人绕过老头，走去女生宿舍。

中大女生听说了蒋介石要来视察，早早把宿舍收拾干净，脏内衣破鞋子都塞到床底下。蒋介石走进来，看见宿舍里干净整齐，十分高兴，下令给女生每人发一个白面大馒头。女生们都高兴得跳起来，美美地吃了一顿。过了几天，蒋介石又来中大视察，这次是微服私访。走进女生宿舍一看，各种衣裤到处乱丢，内衣乳罩到处乱挂，鞋子东倒西歪，才晓得，上次来，只看到个表面而已。蒋介石叹口气，回头便走，一批馒头白白地送掉了。静如阿姨讲完，跟我们一起哈哈大笑，对中大女生们成功捉弄蒋介石，骗吃一顿白面馒头，十分得意。

战时物资短缺，学生们连本像样的教科书也没有，大多油印教材，用的是黄褐色土纸，粗糙易破。但中大教授阵容却十分强大。仅外文系而言，拥有范存忠、楼光来、俞大纲、俞大缜、初大告、徐仲年、许孟雄、杨宪益、叶君健、孙晋三、丁乃通等等。在这许多名教授的督促下，中大的学生也都很用功，而且彼此相当亲近。为了练习英语，外文系学生各自起了英文名字，父亲叫 George，母亲叫 Margaret。因为班里男生少，父亲年纪稍长，被推举为班长，称 Authority。学生们还排演一些英文短剧，俞大纲教授是最积极的指导者。

离校园不远，是清澈的嘉陵江，山秀水美，外文系学生经常来这里组织集体活动。江边有个地方叫作中渡口，开了一家茶馆，也卖酒和小吃。学生们常常光顾，买些花生橘子，坐在躺椅上喝茶聊天，很有趣味。从校园步行二三十分钟，就到沙坪坝镇，镇上有书店、饭馆、照相馆等等，中央大学和重庆大学两校的师生是小镇的主要顾客，也从那里搭乘长途汽车去重庆。

静如阿姨因为高两级，母亲读大四的时候，静如阿姨已经毕业了。静如阿姨告诉我，那年她正在医院里生孩子，母亲突然匆匆忙忙跑来，找静如阿姨密谈。原来是我的父亲向母亲求婚，母亲不知该怎么办，惊慌失措，跑来找静如阿姨商量对策。静如阿姨给我讲这段往事的时候，不住地对我挤眼睛，很神秘的模样，逗得我直笑。那场密谈，结果显而易见，父亲跟母亲成了家，而且生出了我。

抗战胜利之后，母亲在南京总统府做秘书，静如阿姨在南京中央大学任教。我在南京出生之后，静如阿姨常常来抱我。1949年后，我家搬到上海，静如阿姨仍在南京，母亲和静如阿姨来往还是很密切，我依稀记得在上海见过静如阿姨。后来母亲随父亲搬到北京，与静如阿姨只有通信联系了。1957年母亲成了右派分子，不敢给朋友们招惹更多麻烦，她和静如阿姨之间的通信就减少了。20世纪60年代，阶级斗争越搞越烈，两人便断了联系。只有在南京，静如阿姨讲陶陶的故事给她的女儿听，同时在北京，母亲讲静如阿姨的故事给我们听。

"文革"之后，静如阿姨终于同我家恢复了联系，可惜母亲已经不在了。静如阿姨听到噩耗，非常难过。直到如今，我从美国给她打电话，或者回国拜会她老人家，每一次静如阿姨都要重复讲，1972年她刚从牛棚里出来，发配到一个中学教书。同年杨宪益先生被放出监狱，静如阿姨跑到北京，与兄嫂团聚。

那一次，静如阿姨在北京住了一个月，千方百计打听母亲的下落，没有成功。虽然杨宪益与父亲都在外文出版局，但从"文革"开始，杨先生就坐了监狱，父亲则蹲了很多年牛棚，又下河南干校。杨宪益先生完全没有我父亲沈苏儒的下落，更不知道我母亲在何处。静如阿姨说，她几次问哥哥，宪益先生只是摇头，甚至无法猜出沈苏儒是不是还活着。

虽然刚从牛棚受苦受难出来，人也到了北京，但静如阿姨仍旧十分不满意。除了找不到母亲而极度失望之外，她也受不了社会上那套虚伪和欺骗。

静如阿姨再次到北京来的时候，母亲已经去世，两个闺蜜从此天人两隔，再也无法相见。静如阿姨长寿，她对母亲的记忆，至今不能忘记丝毫。

马仰兰：马寅初先生的女公子

从小到大，我听母亲讲得最多的同班同学，是马仰兰阿姨，我们叫她马阿姨。马阿姨是马寅初先生的女公子，曾经跟父亲母亲同班，毕业后又分别与父亲和母亲同事，按现在的说法，可算是母亲的一个闺蜜。马阿姨五十年后写信给我说，有许多同学（大多是男生）只身赴重庆就学，父母都不在，他们的生活比较苦，好像就是靠政府发的一点生活费。我最记得你爸爸的一件事是，他似乎总是穿着一种灰色长袍，冬天把棉花（或丝绵？）塞进去，夏天又拿出来。至于你们的妈妈，有家在重庆，生活就舒服得多。

母亲讲过，她如何跟随马阿姨回家，如何见到马寅初先生，但是从来没有讲过，她曾经听过马寅初先生讲课。所以我想，母亲从来没有听过马寅初先生讲课。根据目前中国大陆可以读到的官方资料，马寅初先生因

1940 年发表反对国民党政府的演讲，惹恼蒋介石，被关进贵州息烽军统集中营。1942 年获释后，继续被蒋介石软禁。

我听母亲讲马寅初先生故事的年代，无处获知马寅初先生曾坐过国民党的监狱。但母亲告诉我，1949 年以前，马寅初先生确以公开批评蒋介石政权而著称于世，国民党对他是又恨又怕。

因为马寅初先生是母亲非常尊敬的人，马阿姨又是母亲异乎寻常的朋友，我们后辈甚至愿意尊称她作恩人，因为马阿姨在我们家受迫害最深重时，从美国回归，特别找到我家来看望母亲。

1945 年夏初，父亲母亲那一班毕业。母亲由外祖父介绍，进中国农业银行研究室工作。父亲经沈钧儒先生介绍，进重庆的美国新闻处工作。而马阿姨也同时一起进入美国新闻处任职，跟父亲成了同事。

"八一五"光复，父亲被美国新闻处派往上海筹备新办事处，母亲辞去中国农业银行工作，跟着回到上海。1946 年初他们结婚以后，母亲在上海国民政府行政院善后救济总署编译处找到一份工作。同年马阿姨也从重庆回到上海，借住父亲母亲在狄斯威路的家。然后也到行政院善后救济总署找了份工作，又跟母亲成了同事。

马阿姨当时没有准备长期在上海工作，她已经联系好了美国的学校，正在办理出国留学手续。不久一切就绪，她便登船出海。母亲对我讲过好几次，马阿姨出国的时候，她和父亲两个人送到轮船上去。那时父亲转入上海《新闻报》做记者，有一部黑色的奥斯汀汽车，把马阿姨连行李一起送到码头。后来父亲到南京做特派记者，报馆派一部吉普车给他用，他的奥斯汀就留在上海。我弟弟出生，母亲抱着他照相，家门口背景还有那部汽车。后来父亲到中共上海市委主办的英文《上海新闻》工作，就把那部汽车捐献给国家了。"文革"期间，因怕被当作资产阶级生活证据，把母亲抱弟弟那张照片背景上的汽车也剪掉。

母亲对我讲，本来父亲母亲在重庆中央大学读书时，都曾决心毕业后要出国留学。母亲获得英国一所私立女子大学录取，父亲也获得美国密苏里新闻学院录取。他们当时正处热恋，不肯一欧一美，远隔大西洋。

而且父亲家里也没有那么多钱可以供他出洋留学。最后两个人决定都不出国了，宁愿厮守国内。

这情况下，马阿姨出洋留学自然引起父亲母亲的伤感。他们在码头上告别，马阿姨要母亲尽早去美国。父亲说上海《新闻报》也许会到美国开设一个通讯处，他会努力争取，派到美国工作，那么三个同学同事朋友，可以在美国相聚。他们庄重约定，不论天涯海角，他们一定再见面。我至今仍能记得母亲跟我讲这段往事时的表情，神往而凄凉。没有想到，马阿姨的这个承诺，经过三十年曲折磨难，终于实践，而两个闺蜜再度见面，给母亲的心里造成巨大的震动。

我们从上海搬到北京，已经跟不少亲友失去了联系。1957 年母亲被打成右派，更不敢跟别人联络。到了"文革"，我家被抄几次，父亲被关牛棚送干校，其间我家又被赶出旧居，几乎再不会有人找得到我们，但是马阿姨找到了。她对我讲，她头一次回国，便打听到父亲在外文局工作，可是没来得及打听出我家住址，便返美了。隔了一年再次回国，她决心打听出我家地址，从西城找到东城，终于成功。

我清楚地记得马阿姨1974年头一次来我家的情况，我那时本已下乡陕北插队，刚好回京，碰上了马阿姨。我们那时住在东单一个极破旧的小阁楼上，狭窄的木楼梯没有灯，黑洞洞的，马阿姨走上楼的脚步犹犹豫豫，走一步停一停。我听到了，开门出去，却是马阿姨。听到是马阿姨来了，母亲挣扎着从床上起来，张着两手，迎接她的朋友。两个闺蜜，相隔二十多年，终于重逢，相拥而泣。我悄悄离开母亲的屋子，给她们留一片属于自己的天地。

两个人在母亲屋里坐了一下午，时而大笑，时而痛哭。她们聊当年的青春岁月，聊分别后的各自遭遇，聊她们共同的朋友，聊她们两人的父亲，聊她们相互的思念，聊她们依然渺茫的各种幻想。母亲没有叫过我一次，她自己动不了手，指挥着马阿姨，烧水泡茶，还煎了两个鸡蛋。马阿姨甚至记得，母亲当年送她上船去美国那天早上，给她煎蛋煎焦掉了。母亲笑骂，都是马阿姨拼命喊叫，催着上路，才煎焦了。

我在门外，独自坐着发呆，听她们快乐的谈话，羡慕母亲一代的真诚友情。

天暗淡下来，我送马阿姨回家。黄昏之中，我们走出院门。马阿姨把手插在我臂弯里挽着，边走边说：你们应该记住母亲的一生，她是很伟大的女性。我说：我会永远记住。然后我们没有再说更多的话，默默走路。我猜想，马阿姨大概是在重温大学闺蜜的幸福，而我则一直回想着母亲二十多年的苦难。

到了东总布胡同马老先生家门口，我们在苍茫中告别。我说：谢谢你，马阿姨，二十多年了，今天是姆妈最快乐的一天。然后我独自一人走回家，看到母亲还站在楼梯口等我，手里拿着那张大学毕业的同学合影。

"爸爸去哪儿了?"

——忆父亲杜重远

杜毅　杜颖

她拿起夏威夷吉他,横放在膝盖上,开始弹奏。在那特别舒缓、悦耳的琴声中,妈妈唱道:"宝宝要睡觉,眼睛小。眼睛小,要睡觉。妈妈坐在摇篮边,把摇篮摇。抗战胜利了,爸爸回来了。回来了,在梦中,爸爸夸我好宝宝。今夜睡得好,明朝起得早,花园里去采个大葡萄……"我不明白,爸爸回来了,为何妈妈唱哭了?

打开电视机，在荧屏上，第一次看到一个亲子活动标题：《爸爸去哪儿了？》，我和妹妹先是怔忡，继而心雨婆娑。这是我们姐、弟、妹三人幼年——青年——而今"晚霞"之龄，常问妈妈和自己的一句话："爸爸去哪儿了？"

记忆深处：抗战胜利第二年，我三岁了，弟弟两岁，妹妹尚在襁褓中，妈妈历尽艰难，将病中的三个失怙儿女从新疆护送回到上海，住进了爸妈当年的婚房，也是为爱国人士及地下党聚会而购的住宅——位于霞飞路（现淮海中路）的一幢地中海式宽大花园别墅。抗战胜利前夕，新疆军阀盛世才残酷杀害了爸爸之后，又将我们染上不治之症（20世纪40年代无药可治的结核病），以达到他"斩草除根"的目的。我们住进了这座气势恢宏、果树蓊郁的花园洋楼，它依旧静悄悄。因我们均整日发烧、咳嗽，只能倦卧在床。

一个秋日黄昏，我热度稍退，骑上小童车，溜出了黑色锻花大铁院门，在宽阔、寂寥的人行道上，追逐梧桐落叶。待我骑车绕回，看到一位行人伴一个小男孩，站在大铁门外。他注视着我，又弯腰对小男孩说："看见么？骑童车的女娃娃，就是那位我常与你说起的抗战爱国烈士杜重远的女儿。"男孩好奇地朝我看。那位路人忽然招手要我到他身边，我蹬车挨近他，他和蔼地对我说："回去告诉你妈妈，我们都很怀念你的爸爸，向你爸爸致敬。"我听不太懂"烈士""致敬"，但我听懂了杜重远就是我很小时，在新疆常抱着我站在大院门口的爸爸。下雨天，爸爸撑起伞对我说："这把伞就像祖国，它能为你挡风遮雨，但你也要好好爱护它。"在新疆，妈妈为我们父女俩画的蜡笔画里，爸爸总在我身边。回到上海，回到"画外"，我就再也没有看到爸爸了。当晚，妈妈扶我上床睡觉时，我问妈妈："爸爸去哪儿了？"妈妈没有直接回答我，而是说："宝宝睡吧，妈妈唱一首催眠曲，你就会知道了。"她拿起夏威夷吉他，横放在膝盖上，开始弹奏。在那特别舒缓、悦耳的琴声中，妈妈唱道："宝宝要睡觉，眼睛小。眼睛小，要睡觉。妈妈坐在摇篮边，把摇篮摇。抗战胜利了，爸爸回来了。回来了，在梦中，爸爸夸我好宝宝。今夜睡得好，明朝起得早，花园里去采个大葡萄……"我不明白，爸爸回来了，为何妈妈唱哭了？我睡意蒙眬，翻过身，睡去了。

我们因结核病的传染性，一天学校也未能入读。妈妈在我们病床边自己授课。待我们健康状况稍好，在亲友们一片惊叹声中，姐弟三人都以高分考入了沪上三所知名大学。弟弟比我和妹妹都聪慧，他没有问妈妈"爸爸去哪儿了"，而是自己查阅 20 世纪 30 年代爸爸刊登在《生活周刊》《新生周刊》等杂志上大量的宣传抗日文章：《自述》《老实话》《战区巡礼》等。首先映入他眼帘的是爸爸自述"九一八"事变的《虎口余生》：

> 事变发生时，余适因事未在省城。因念所办瓷业公司向为倭人所嫉视，益以我年来排日甚烈，更为彼等所切齿，今如贸然回省，实不啻飞蛾投火，自寻祸患。然转念六十万血汗，

五百口员工，皆唯余一人付托是赖，我独远避，将何颜以对股东，以见同人？于是决意冒险归省……抵省，满街杀气，殊少行人……只有杀毙之华警与惨死之商民，横卧道中，伤心惨目，为之挥泪……越二日，余约张公（中央银行总裁张公权）赴公司参观。中行同人以公司远在城外（近日军轰炸之北大营），咸云不可。张公独然诺之。至则见全体员工仍勤奋工作，甚为感动。谓余曰：此后，君之事业即余之事业，无论如何，不使此公司半途中辍……乃噩耗频传，谓日人必欲得余而甘心。旬日以来，竟以排日罪名，无端逮捕十余人，非刑拷打，惨无人道。亡国之民，真不如治世之犬矣！

沿着爸爸笔端，弟弟似乎听到了悲壮的歌声：1933年2月，爸爸带着学生前线政工团，动员刚从云南到沪的聂耳同行，会同宋子文、张学良、朱庆澜、张公权等，一起赴热河前线，鼓动抗战士气。日军对热河发动了空袭。敌机在空中盘旋、俯冲，掷下一枚枚炸弹。一颗炸弹落在一孩子身旁爆炸，可怜幼小的半身血淋淋挂在树梢……爸爸带去的青年兵团见状，都背起自制硬纸棺材，高举写着"誓不生还"的横幅，与义勇军骑兵一起冲向敌军。爸爸站在四家子（今内蒙古赤峰敖汉）前线近处，演讲鼓动将士，炮火声中，他带头唱起了《誓词歌》："家可破，国须保，身可杀，志不挠！"一片歌声，一片哭声。聂耳闻声见状，心潮澎湃，满怀悲恸，后由田汉作词，他谱曲，创作了《义勇军进行曲》。

1933年《生活周刊》被查封，主编邹韬奋流亡国外。白色恐怖下，杨杏佛、史量才等相继倒在被暗杀的血泊中。爸爸不顾个人安危，以他实业家的身份，又办起了《新生周刊》。日寇为攻占上海寻找借口，《新生周刊》一篇《闲话皇帝》被敌寇指罪："侮辱天皇，有碍邦交。"于是中国当局"查封《新生周刊》，判刑杜重远一年零两个月，不得上诉"。爸爸在法庭上大声抗议："中国法律被日本人控制了……"当他被法警五花大绑押上囚车时，青年学子们痛哭失声，愤怒的人群追着囚车，涌向漕河泾第二监狱。上海律师联合公会代表们一次次上诉，均被驳回。妈妈是留日国际法博士，她以法律的条款，逐条驳斥，以妻子的语言"夫在冤狱子在腹"写出万言《抗告书》，又以她精通的英、法、德、意、西班牙等语言译出，刊登在国内外报刊上，一时中外舆论哗然。中共地下党也组织了"支持新生复刊""释放杜重远"的大规模的示威游行，"满街争说杜重远"。《新生事件》将民众的抗日热情推向高潮。

爸爸有过入狱箴言："囚徒不忘爱国。"他在狱中，大量阅读了中共地下党员孙达生送来的《马列主义问题》《社会发展史》等书籍，屡屡回忆起 1931 年 11 月，他第一次见到周恩来的情景：当时的周副主席见他第一句话就是"我们见面就是朋友了"，并夸奖爸爸："知道你在'九一八'日本侵占东北后，到处演讲，鼓动抗日救国，你这种精神是值得佩服的，正和我党方针相符。咱们站在一条战线上了。"爸爸深深感动：共产党在积极抗日，救国有望。

弟弟看到震惊中外的西安事变和后来西安事变的和平解决，都有爸爸忙碌的身影。爸爸初入狱，张学良国外归来，即托高崇民伯伯带信给爸爸表示"慰问"及他将"设法营救"的消息。爸爸回信首先纠正了他从国外带回来的错误思想，告诫他"先安内，后攘外"已使中国陷入自相残害、敌寇长驱直入的危境。张后又回信："几年来教训颇多，特别是一年来，由于认识上的错误，一误再误。决心改弦更张，希望老朋友不要摒弃我。"接下来，爸爸又写信，托高伯伯找到与爸爸兄弟相称的杜斌丞去说服杨虎城与东北军联合，并另函劝张学良放下架子，不要喊杨虎城"老粗"，要解除双方部下的一些误会。他还与高崇民、卢广绩和其他友人联名给张学良写建议书："不能对蒋介石抱幻想，不能继续打红军，消耗实力。抗日运动已被逐步镇压下来，日本势力日趋巩固。现在东北军集中在西北，有利整训队伍，如实现三位一体联合，是目前抗战最有利的形势。"张学良深为所动。

1936年4月，张学良趁去南京开会之机，转道上海，会见当时尚在服刑但已转移到虹桥疗养院的杜重远。杜重远向张学良分析了当时的抗日形势，明确指出联合抗日是中国唯一的出路。张学良告诉杜重远，通过杜以及其他友人的努力，他已经同陕北红军表达了合作抗日的意向。1936 年 9 月，杜重远刑满出狱后，于 11 月 29 日，冒着国民党特务严密监视的危险，来到西安，再度做张学良的工作，坚定其联共抗日的决心。这时距离西安事变的爆发还不到两个星期的时间。

1936 年 12 月 12 日，震惊中外的西安事变发生。事变发生第二天，身在江西的爸爸即被软禁，后被陈果夫押送南京监禁。当时爸爸因欲供应抗日前线军需、物资，已在江西又办起一座"光大瓷厂"。张公权首先支持，中央银行、交通银行、农业银行、实业银行出资，江西省还出公股二十万元，公司董事有孔祥熙、宋子文、宋子良、卢作孚、黄炎培等名流和实业家，可谓盛极一时。爸爸利用这些人脉关系，在南京监禁中，已预见西安事变若无法妥善解决，内战必将再起。

杜重远即电冯玉祥、孔祥熙，请他们"力持镇静，以营救委座为第一要著"。并说："倘蒋公发生不测，则今后中国纷乱无人可以收拾。" 11 月 19 日，他又致信杜月笙、黄炎培："绥东战事方酣，西安变乱忽起，抗敌前途受一巨创，凡属国人，莫不痛心"；希望他们从各方面做工作推动事变和平解决，"否则意见分歧，各执其是，群龙无首，大局紊乱……"

全面抗战开始后，爸爸不相信蒋介石政权能够把抗战进行到底，因而拒绝在国民党政府做官。国外友人劝他去美国，也被他婉言谢绝……在武汉征得周恩来的同意后，爸爸于1939年1月，毅然放弃大城市的优越生活条件，携带家属前往经济落后、生活艰苦、交通闭塞的新疆，接任新疆学院院长。他把学校当作培养人才、训练抗日干部的基地，组织学员到群众中去宣传抗日。学校办得生动活泼、有声有色，却遭到盛世才的忌恨，他捏造种种罪名，疯狂迫害在新疆工作的共产党员和进步人士，杜重远首当其冲。从1939年底被停职、软禁起，杜重远经历监禁拷打、严刑逼供，始终坚贞不屈，直至被秘密处死。到现在他牺牲的具体时间也没弄清楚，尸骨也未能找到。

弟弟获知爸爸苦难、奋斗、悲壮的一生后，他也发愤图强，悬梁刺股般学习、工作。但他身体单薄，积劳成疾，于1990年代初他生日那天，心肌梗塞去世。这时恰值妈妈肺癌晚期，妹妹啼哭，拽住弟弟手臂不肯走出太平间，她说弟弟尚有体温没有死。而我关住泪闻，回家面告妈妈，弟弟经过抢救，转危为安，正在静养。然而，我们焦虑，噩耗难掩太久。回望妈妈幼年丧母，中年丧夫，晚年身患绝症，怎禁再遭丧子之痛。我们决定给妈妈提前举办八十寿庆，让妈妈拥有一个唯一的、也是最后一个快乐生日。中央统战部、上海市委领导和海内外亲友汇聚一堂，小乐队奏起，众人欢唱《祝你生日快乐》的歌声中，弟弟灵柩悄然运往墓地。妈妈华服，靠坐首席座位，虚弱、苍白，但笑容灿烂。弟弟的墓志文冉冉升展在眼前："没有花香，没有树高，我是一棵无人知道的小草……"每当我们怀念弟弟，总会想起这首他生前用口哨吹出的《小草》之歌。他出生在日寇侵华、祖国蒙难的年代，环境的摧残，使他身陷痼疾，英年病逝。他自幼睿智超群，又有很强的报效社会的责任感和刻苦学习的良好习惯，本应成为"栋梁"，却变成了"小草"。愿这棵小草热爱书籍、热爱知识、不畏艰难、顽强学习的精神，留给莘莘学子心中一点绿意。我和妹妹泪流心底，笑留双颊，真正体验，什么是红白喜事一起办。

而妹妹更常问："爸爸去哪儿了？"——她是遗腹

女，没有见过爸爸。但 20 世纪 80 年代末，她抱病编辑注释了《杜重远文集——还我河山》，因而她最知道爸爸的抗战行踪、心境和煎熬。她也知道了爸爸的精神今天已走出国门。在美国基辛格博士的书桌上，有一本英国牛津大学中国研究中心主任、二战历史权威、著名汉学家 Rana Mitter 撰写的畅销书《中国，被遗忘的盟友》。Rana 教授用十年的时间，沿着《杜重远文集》宣传抗日的足迹采访，了解中国抗战十四年的史迹。Rana 教授十分了解我们爸爸的一生，在哈佛大学、牛津大学、剑桥大学、斯坦福大学联合为我们爸爸召开的国际研讨会"杜重远和他的世界"（2010 年 1 月 8 日）会上，总结发言如下：

> 杜重远的一生，英年早逝，但他的爱国热忱，和高超的能力，使他在政治、新闻、出版、外交、教育、文学、实业、金融、瓷业改良等众多领域，取得了杰出贡献。杜重远犹如一条红线，串起了国、共两党及民主派的许多最高层人士和活动。中外史学家一致认为：他

是那个时代中国最彻底无私的爱国先烈的代表人物。他的英名和事迹，将永远不会被历史湮灭。

1999年春，爸妈墓雕落成于上海宋庆龄陵园"名人墓地"。墓雕有两米多高，西班牙红大理石，顶端刻有蜿蜒长城和烽火台，并有汉白玉的爸妈半身浮雕像，下座是一对和平鸽。整座墓雕耸立在绿树如幄，鲜花似锦中。我们从小国难家灾，痼疾缠身，一直未婚单身。爸爸很早牺牲，而今妈妈又离开了我们，似有些飘零之感。感念党中央、上海市委给予如此殊荣，安排爸妈在这样好的地方安息，也给了我们一个温暖的"家"。每逢中秋、清明，我们会"常回家看看"，倾听爸妈爱国利民的教诲，也倾听这个墓地里，许多叔叔、伯伯爱国、卫国、建国的可歌可泣的教导，常听常新。

兰姑姑的戏票

刘心武

我希望人们对于兰姑姑，也就是孙维世，不要再去消费她的隐私，以及她那非正常死亡的悲剧，而是把她作为中国杰出的话剧导演，去正视她在中国戏剧史上的价值，从对她导演的剧目（据说一共有十六个）的资料搜集与研讨中，获得推动中国话剧艺术继续发展的借镜与动力。

北京王府井附近东安门大街路南，有一所至今仍保留着欧洲巴洛克建筑风格的剧场，长期是中国儿童艺术剧院的专属剧场，但是1950年的时候，中国儿童艺术剧院还没有成立，那里一度是北京人民艺术剧院的演出场地。这里所说的北京人艺，是后来成为专演话剧的那个北京人艺的前身；属于北京市的北京人民艺术剧院成立于1952年，现在人们熟悉的北京人艺专属剧场首都剧场，是1954年建造的。据我所知，最早叫作北京人民艺术剧院的演出团体，属于华北局，是歌剧、话剧都演的，后来分流整合，才把北京人艺的称谓给了北京市，专演话剧。

1950年夏天，我八岁，随父母从重庆水路到达武汉再乘火车抵达北京，从那以后，我就定居北京，直到今天。在北京的近七十年里，观剧是我生活中重要的精神活动，可谓京城剧场十二栏杆拍遍，舞台沧桑尽收眼底。我到北京看的第一出戏，就是在东安门大街的那个巴洛克风格的剧场里演出的，那是1950年底，父母带我到那地方观看民族歌剧《王贵与李香香》。

记得那天到了剧场门口，把门检票的不让我进，父母告诉他们我已经上小学三年级了，懂事，能看戏，不会哭闹；首先人家不信我已经八岁多，我那时身体发育滞后，小头巴脑，再，人家认为三年级也是小孩子，儿童是一律不让进场的；这可怎么办啦？父亲急中生智，就告诉他们，我们是赠票，是孙维世导演赠的，把那装票的信封拿给人家看，信封是中国青年艺术剧院的专用封，信皮上有我父亲的名字，右下角签着"维世"。这招还真管用，人家就让我跟随父母进去了，我那颗小小的心由紧而松，欣喜莫名。那出歌剧《王贵与李香香》是根据李季的长诗改编的，导演并非孙维世，也并非中国青年艺术剧院的剧目，是以北京人民艺术剧院名义演出的，可能孙维世和编剧于村熟稔，所以有了较多的戏票，就分赠一些给亲友，我家也就得到了。我至今记得那歌剧里多次出现的合唱："一杆子红旗，半天价飘……"

从那次起，我就知道，我们家有机会得到赠票，去看演出。赠票的，父母让我叫作兰姑姑。兰姑姑我始终没见到过，但她的亲妹妹，父母让我叫粤姑姑的，多次来过我家，后来当然就知道，兰姑姑是孙维世，粤姑姑是孙新世。

我生也晚，老一辈的事，只是听说。我爷爷刘云门1932年就去世了。我在爷爷去世十年后才诞生。前些年粤姑姑从美国回来，约在贵宾楼红墙咖啡厅见面，见到我就大声说："心武，我们两家是世交啊！"坦率地说，我心里热络不起来，因为我爷爷跟他们父母的交往，虽然留有若干照片，却是我生命史之前的事情，缥缈如烟。概括地说，兰姑姑和粤姑姑，当然她们还有三位兄弟，其父亲孙炳文、母亲任锐1913年在北京结婚，我爷爷刘云门是证婚人，婚宴后在什刹海北岸会贤堂饭庄前的合影留存至今。1922年孙炳文和朱德赴德国前，在我爷爷家小住，1924年我爷爷到广州任中山大学教授，1925年我母亲遇到困难，被孙炳文、任锐接到其家居住，但他们很快也往广州参加孙中山领导的革命，就又安排我母亲到任锐妹妹任载坤家暂住，任载坤是冯友兰夫人，所以后来我进入文学圈后，把宗璞叫作大姐，遭母亲呵斥，说应叫璞姑姑才是，兰姑姑、粤姑姑都是宗璞表姐，她们是一辈的。这篇文章，要说的是兰姑姑赠戏票，使我近水楼台先得月，从小受到很好的话剧熏陶的事。关于孙家，关于兰姑姑本人那不到半百就陨落，等等事情，我没有什么特别的叙述权，但我要呼吁，对于孙维世，作为中国上个世纪杰出的话剧导演之一，她在这方面的成就，一般人还缺乏必要的认知，专业人士虽有过一些纪念性的文字和涉及其导演艺术的论述，其实也还很不充分。我要从自己当年观其所导演的话剧的亲历亲感，来谈一谈。

中国青年艺术剧院成立后，孙维世导演的第一出戏是《保尔·柯察金》，这出戏的票也送我家了，但我哥哥姐姐去看了，我没看上。那时候我父亲先在海关总署后在外贸部工作，兰姑姑送票，好像都是邮寄到父亲单位，父亲带回家，到时候再去看。有次又看见父亲下班回家从衣兜里掏出一个信封，我就跳着脚喊"我要兰姑姑的票"，但是父亲冲我摆手，跟母亲说："这回不是票，是信，请我去她家吃便饭。"兰姑姑和粤姑姑都称我父亲天演兄，称我母亲刘三姐，或简称三姐，因为我母亲在娘家大排行第三。后来知道，是兰姑姑和名演员，也就是演保尔的金山，结婚了，婚礼早举办过，再个别邀请到我父亲，应该是一种对世交的看重吧。那天父亲带回一瓶葡萄酒，说兰妹（他总这么称呼孙维世）告诉他，是周总理给她的，过些天家里来客，父亲得意地开了那瓶酒共饮。再一次父亲回家，带回兰姑姑赠的戏票，笑对我说："全给你！"我接过一看，是三张电影院的票，这怎么回事啊？原来，是兰姑姑把她在舞台上排演出的儿童剧《小白兔》，由中国新闻纪录电影制片厂拍成了舞台艺术片，我约两位同学一起去了新街口电影院，原来是正式公映前的招待场，我们好高兴！那电影虽然由新影拍摄，但不是对着话剧舞台的刻板纪录，是在摄影棚里搭出了三维的全景，而且充分地运用了电影语言，推拉摇移、主客观镜头及空镜头使用，娴熟流畅；大全景、全景、中近景、近景、特写、大特写的穿插，恰到好处；蒙太奇剪接，天然浑成。《小白兔》是兰姑姑根据苏联作家米哈尔科夫原著改编导演的，新中国第一部儿童话剧，剧情生动幽默，富有教育意义，场景美丽，赏心悦目。那时候儿童剧组还属于中国青年艺术剧院的一个分支，1956年分离出去组建成中国儿童艺术剧院，后来所排演的《巧媳妇》《马兰花》等，其实都是《小白兔》风格的发扬光大。看电影《小白兔》回到家，我就裹上父亲睡衣，又用两条毛巾给自己弄出两只长耳朵，在屋里跳来跳去，听见父亲对母亲说："兰妹十五岁就在上海演电影，她对电影很熟稔的，拍起电影驾轻驭熟。"可惜后来兰姑姑没有再导演电影。

兰姑姑再一次赠票，是她导演的果戈里的名剧《钦差大臣》，我高兴地跟母亲去东单拐角那里的中国青年艺术剧院专用剧场观看。印象特别深刻的是，全剧演到最后，台上台下都在笑，忽然一个角色大声说："笑什么？笑你们自己！"台上的所有角色就以不同的姿势僵在那里，台下的观众也都愣住，幕落，观众热烈鼓掌。巧的是，我小哥刘心化那时候考上了北京大学曹靖华任系主任的俄罗斯语言文学系，而粤姑姑从苏联留学回来，分配到北大俄语系任讲师，正好教我小哥，所以我在小哥影响下，对俄罗斯和苏联的文学艺术着迷。小哥告诉我，俄罗斯大戏剧家斯坦尼斯拉夫斯基，创建了影响世界现代戏剧极其深远的戏剧流派，就是体验派，要求导演指导演员，从自我心中找到与角色相关的种子，去发芽长叶开花，体验到角色的内心活动，再外化为形体语言，塑造出有血有肉的艺术形象。兰姑姑呢，她1939年去苏联学戏剧，斯坦尼斯拉夫斯基1938年刚去世，其嫡传弟子列斯里血气方刚，兰姑姑成了列斯里的学生，因此可谓得斯氏体验派戏剧体系真传。

对我影响至深的，还是兰姑姑导演的契诃夫名剧《万尼亚舅舅》，也是拿着赠票，跟母亲一起在青艺剧场看的。看时有感受，看完接连几天反刍有感悟，随着岁月推移，再回忆那次演出所给予的心灵滋润与审美启蒙，就觉得那是一生难得遭逢的甘泉，可以啜饮至今。舞台画面具有充分的油画感，不是欧陆文艺复兴那种情调，更不含后来风靡欧美的现代派元素，是俄罗斯19世纪末20世纪初巡回展览派画家的那种脱离宗教与贵族气的平民写实风格，与那一时期影响至大的美学家车尔尼雪夫斯基那"生活就是美"的认知相通。剧里所展现的万尼亚舅舅和其外甥女素尼娅所生活的外省农庄，恬静朴素的田园生活，本来富有情趣与诗意，却因其姐姐前夫和续弦妻子叶莲娜的到来，形成了庸俗的入侵，生活是美，但庸俗腐蚀了生活也就使其不美。万尼亚舅舅原来对在彼得堡生活的姐夫心存崇拜，那时远远望去，以为是个天才，结果近距离接触，却看穿不仅是个庸才，而且是个满足于不劳而获的庸俗卑琐的小人。全剧没有营造尖锐的戏剧冲突，人物之间的冲突都只在心理层面，把心理冲突充分诠释出来，是很难的，这就全靠兰姑姑对演员的指导。而当时那一台演员，特别是金山饰演的万尼亚舅舅，得到兰姑姑那斯坦尼戏剧体系的真传，丝丝入扣地把内心崩溃的过程表演得令观众信服，到后来万尼亚舅舅突然从墙上取下原是作为装饰的手枪，朝那伪君子教授砰地一射，观众们都会觉得"如果是我也忍无可忍"。但是契诃夫并没有让卑鄙小人死去，只是灰溜溜带着新妻子返回彼得堡。最后一幕，万尼亚舅舅终于还是忍受了命运，复归常态，而庄园的生活，也就努力缝补破碎的裂隙，去延续固有的质朴之美。记得最后展示的是，万尼亚坐在书桌前算账，外甥女索尼娅蜷伏在他身边，把头倚在舅舅膝上，道出最后一段向往美好未来的台词，幕布缓缓闭合，而布景窗外的俄罗斯三弦琴的韵律，仍穿透幕布淡淡氤氲，这是剧吗？分明是诗啊！兰姑姑执导的《万尼亚舅舅》的演出，是斯坦尼表演体系在中国原汁原味的嫡传呈现，对新中国话剧艺术后来的发展起到非常重要的示范作用，金山后来把他在导演启示下深入角色内心，找准贯穿动作与最高任务，分层次展示在观众面前的过程，细致地加以记录，形成一部著作《一个角色的创造》，不仅在国内影响很大，至少在那时的东欧也引起瞩目，波兰就出了波兰文的译本。

1956 年夏天，兰姑姑离开青艺，去了新组建的中央实验话剧院，剧院院长是老戏剧家欧阳予倩，兰姑姑任总导演。在新剧院，她仍不时给我父亲寄戏票。她根据剧作家岳野的剧本导演了《同甘共苦》，虽然离开了青艺，《同甘共苦》在青艺剧场演出了很多场，那时每当我路过东单路口附近的青艺剧场，就会看到剧场外竖立着很大的海报，以老梅枝上红梅绽放为背景，剧名非常醒目。我很想看这出戏，因为这是兰姑姑以斯坦尼体系原则执导的一部本土化的多幕剧。但是父亲不让我去看，他跟母亲去看了，从看完戏的对谈里，我多少悟出父亲不让我看的缘由。后来我把岳野的剧本找来看了。这个戏的内容在当时来说确实有一定的敏感性，写的是一个建国后已经升到相当高职务的干部，他参加革命前，父母包办婚姻，娶了一个乡下没文化的姑娘，他后来就离了婚，与革命队伍中有知识的红颜知己缔结良缘。这样的人物经历其实也算不得什么，但是剧作家却结撰出以下情节：那干部下乡指导工作，偏遇到已经成长为有觉悟有能力的农村妇女干部的前妻，令他意想不到，也令他赞叹不已。为了推动剧情朝尖锐化复杂化发展，剧本里又写到这位干部的母亲，一直由他前妻照顾赡养，而且前妻为了不让婆婆情绪遭到破坏，一直瞒着已经离婚的事实，以至这位干部下乡回到原籍指导工作，他母亲还以为也是来跟媳妇团圆。而且在这种误会的前提下，干部前妻与母亲，又偏偏因剧作家设置的不得不那样的原因，都来到了干部在城里的家中，那婆婆就觉得那干部所娶的新妻是二房，你想那干部的红颜知己何等尴尬！这样组织戏剧冲突固然能在舞台上激发出火花，却难免在观众中引出争议。当然全剧以一双根都在农村，先结婚、后恋爱的老干部的恩爱与说教，传达出革命夫妻应当同甘共苦的积极主题，也算一出圆满的喜剧。据说看过演出以后，也曾在周总理身边工作过的张颖女士，在西花厅当着周总理的面，就《同甘共苦》这出戏跟兰姑姑呛起来了。她年龄与兰姑姑相仿，年轻时也曾登台演出，后来在外交部工作过，又长期在中国戏剧家协会任领导，是懂戏的。张颖认为不该把这个剧本搬上舞台，内容不健康，兰姑姑就说：表现生活和命运的复杂性怎么不健康？周总理就劝她们双方都冷静下来，有话好好说。

兰姑姑和张颖都比我大二十岁还多，我是她们的晚辈，但是到 1986 年，我被任命为《人民文学》杂志常务副主编，张颖那时任剧协书记处书记领导《戏剧报》，《戏剧报》叫报，其实也是一本杂志，两个杂志编辑部都在北京东四八条一座旧楼里，有天杂志社工作人员给我往家里打电话，说《戏剧报》新制作了一块标志牌，正让人安装到楼门外《人民文学》杂志标志牌的上面，他们认为很不合适，《人民文学》是 1949 年创刊的高规格杂志，《戏剧报》1954 年才创刊，行政级别低，应该让他们把《戏剧报》标志牌安装在《人民文学》下面，而且把张颖办公室电话告诉了我，敦促我马上给她打电话，我也就打了，张颖听了笑："就为这么个事儿啊！"我们那时才算有了交往，后来这事妥善解决了。三十年前，张颖请我到她家，也就是前外交部副部长、中国前驻美大使章文晋家，他们设家宴招待英籍女作家韩素音，是让我去作陪客，可惜那天交谈不可能引到关于话剧《同甘共苦》上去，我真的很希望听到张颖对那出戏的高见，但她前几年已经仙去，成为永久的遗憾。回想当年父母观看《同甘共苦》回家后的交谈，他们的大体意见是，革命动荡所引发的婚姻重组，他们见得多了，但是把这种事情搬上舞台似乎会有副作用，特别是年轻一代看了没有什么好处，他们的见地与张颖相似。但不管怎么说，《同甘共苦》这出戏，是兰姑姑试图用斯坦尼体系来执导本土话剧的可贵尝试，建议戏剧界人士如今能充分地搜集相关资料，就其得失与借鉴意义，理性地进行学术探讨。

后来我父亲调到外地解放军外语学院任教，但每次寒暑假回京，仍能得到兰姑姑赠票，我也就还能欣赏到她的一些执导作品，如意大利哥尔多尼的《一仆二主》，在那部戏里，我看出她已经在试图从斯坦尼体系的框架里突围。我们都知道，世界上有三大戏剧表演体系，斯坦尼的体验派固然影响极大，至今在戏剧舞台上还具有强悍的生命力，但是，还有德国戏剧家布莱希特创建的表现派，斯坦尼的体验派让演员和观众都融入到舞台上去，似乎共同经历一番忘我的审美旅途，布氏的表现派却强调"间离效果"，演员在台上要自觉地跟角色剥离开来，不是融入角色而是掌控角色，观众呢，千万记住，您是在看戏，不必忘我，最好作壁上观，用现在网络语汇来说，就是您稳当"打酱油的""吃瓜群众"，看的就是个热闹，从围观中去获得感悟。另一大表演体系以中国京剧表演艺术大师梅兰芳为代表，就是大写意，一系列程式化的戏剧元素，譬喻出大千世界的无穷存在，演员相互蹲起的舞姿，表达船在水浪中颠簸；四个一组举幡旗或持刀枪的龙套在舞台上跑动，就代表了千军万马；一根带很多穗子的马鞭，挥动着就表示骑马前行；丰富多彩的脸谱，不仅象征了角色的善恶忠奸，有的已成为特定人物的独有标志……1935年梅兰芳访苏，那时候斯坦尼和正好也在莫斯科的布氏都看到梅兰芳的演出，包括当时苏联戏剧界另树一帜的怪才梅耶荷德——此人可称是苏联戏剧界的先锋派人士，还有当时在全世界享有盛名的电影泰斗爱森斯坦和普多夫金，也都看了梅兰芳的演出，大为惊叹，特别是看到梅兰芳仅仅用双手的兰花指，就能表达出丰富的内心活动，外在的美与内在的秀令人陶醉，叹为观止之余，那世界第三大表演体系写意派的命名，就是他们兴起的。

到 20 世纪 50 年代末、60 年代初，那时中苏分歧渐渐明朗化尖锐化，与苏联文化进行一定程度的切割势所难免，开始，还觉得苏联作家里有一些坚持正确方向的，比如柯切托夫，特别是他 1958 年出版的长篇小说《叶尔绍夫兄弟》，揭露了后斯大林时代的社会弊端，抨击了修正主义倾向，于是将这部小说改编成话剧，兰姑姑自然而然成为最合适的导演，她也参与了剧本的改编，但后来一直没有公演，只在内部演出，而我家也就没有得到戏票无从一睹。关于这部话剧的资料应该趁参与编导演出的一些老人还在，广泛收集，加以梳理分析，以探究中国话剧（*也涵盖中国文艺其他方面*）在发展过程中，是如何与苏联文化从崇尚、照搬到纠结、切割，最后分道扬镳的历程，那是很有意义的。

最后一次得到兰姑姑戏票，是 1962 年了，看了她执导的《黑奴恨》。1852 年，美国女作家斯托夫人创作了长篇小说《汤姆叔叔的小屋》，描述黑人在奴隶制下的悲惨命运。1901 年，林纾（林琴南）与通西文的人士合作，以文言文翻译了这部小说，命名为《黑奴吁天录》。1907 年 6 月，欧阳予倩、曾孝谷、李叔同等组织的春柳社在日本首演了据之改编的五幕新剧，同年末，上海春阳社的王钟声等在上海演出此剧，注意，那时候清朝还没有结束啊，这些戏剧前辈真是文艺先锋，令我们当下的戏剧工作者和戏剧爱好者肃然起敬。虽然此前李叔同、曾孝谷等演出过《茶花女》，但剧本是直接从法文翻译过来，只演了一幕，而《黑奴吁天录》却是欧阳予倩根据原著改编的原创剧本，以五幕有头有尾地呈现，所以，戏剧史家都把 1907 年作为中国话剧正式诞生的年份，把《黑奴吁天录》视为中国现代话剧的鼻祖，到今天，已经 112 年了。斯托夫人的小说其实主调是哀怨、感伤的，欧阳予倩编剧及春柳社、春阳社演出时，都把那个历史时期对现实黑暗的愤激融汇进去，所以强调"吁天"，到了1961年，欧阳予倩再次改写剧本，则又从寄希望于上苍赋予公平的调式，改成了强调黑奴对压迫者的"恨"，这在当时的大背景下，是必然的，也是必要的。

1961年欧阳予倩还健在，而且是实验话剧院院长，那时是七十二岁的老人，兰姑姑比他晚生三十多年，当时才四十岁，执导这样一位中国话剧创始人老前辈的剧作，又是在那样的时代情势下，感受到的压力一定不小。剧目承担的思想指向是清晰的，并无诠释的难度，难的是艺术上如何把握，再以导演《万尼亚舅舅》那样的路数处理这个剧，显然不成了，必须大胆突破，创出一条新路来，使其在艺术上闪烁出新的光辉。幕启前，我对舞台的期待，还停留在观赏《万尼亚舅舅》《一仆二主》的心态，但是开幕后就觉得风格一新，完全是不再拘泥于斯坦尼体系的崭新台风。2018年从电视上看到中国国家话剧院（由中央实验话剧院和中国青年艺术剧院合并而成）的老演员田成仁的一段访谈，谈五十七年前演出《黑奴恨》的一段经历，原来开排此剧，主角选的另一位也颇资深的演员，体形胖壮符合原小说描写，但导演怎么都觉得不对，就让其停下，那时候剧院里兰姑姑排戏，剧院里的人能去觑一眼的都要去觑一眼，田成仁也不例外，躲在一角观看，没想到一眼被兰姑姑见到，就点着名儿要他进入排演空间，演一段给其他演员看，田成仁说那天他害臊地逃避了，《黑奴恨》也就停排了，过了大约半个月，才又开排，剧院宣布角色分配，男一号黑奴汤姆——田成仁！可见停排的那些日子里，兰姑姑一直在寻求舞台上的新意，按说瘦高的田成仁并不符合原著里汤姆的模样，但是这次她不求形似，甚至也不要求纯粹从体验入手去寻找"种子""动机"，她大量吸收了布氏体系表现派的特点，在人物站姿、动态，以及与其他角色的形体交错、配搭、互动上，追求一种激动人心的雕塑感，舞台美术设计也不再追求油画感，而是多以灯光的勾勒、移动、变幻来营造氛围，舞台面经常"留白"，有大写意的趣味，令观众用自己的想象去丰富眼睛所见。总体来说，我觉得兰姑姑执导的《黑奴恨》，在"表"（外在）与"演"（内心）之间，在写实与虚拟之间，在诗意与政论之间，经过反复而细致地雕琢——另一演员石维坚回忆，排演中她要求演员每排一次都要比上次丰满——艰辛而勇敢地达到了平衡。为纪念中国话剧诞生一百周年，也是《黑奴恨》上演四十六周年，北京上演了喻荣军编剧、陈薪伊担任总导演的《吁天》，是极富意义的历史回响。

1964年兰姑姑深入当时的石油基地大庆，与那里的工人和家属同吃同住同劳动，1965年编写了话剧《初升的太阳》，由金山导演，1966年上半年进京演出，轰动一时，好评如潮，那应该是她努力开创中国话剧新篇章的力作。但是自1963年起她和我父母没有了联系，我也就再没有得到兰姑姑的戏票。很后悔1966年上半年没有买票去看《初升的太阳》，现在已成绝响，徒留想象。

我希望人们对于兰姑姑，也就是孙维世，不要再去消费她的隐私，以及她那非正常死亡的悲剧，而是把她作为中国杰出的话剧导演，去正视她在中国戏剧史上的价值，从对她导演的剧目（据说一共有十六个）的资料搜集与研讨中，获得推动中国话剧艺术继续发展的借镜与动力。

作家一生都在写两封长信

张炜

作家一生都在写两封长信，分别投递给父亲和母亲。寄给母亲的温柔而内敛，寄给父亲的则是另一种声气：男子汉的粗音，是成人的声带才能发出的。这声音足以证明自己。在这逞强和反抗的意味中，有时很难分得清是针对父亲本人，还是他所代表的那个社会。

作家一生都在写两封长信

作家的一生如同在书写长信，有的投向具体的目标和地址，但大多漫无边际。他向社会或某个群体讲述一些事情，用各种口吻、说各种故事。

仔细看作家的传记，便会发现那些杰出的作家，通常拥有和一般人不同的童年。人们常常讲"严父慈母"，双亲对于后代的成长当然是至关重要的。母亲是慈爱的，所以通常孩子依恋母亲而害怕父亲。父亲充分体现了"规矩"，体现了人的社会性，而母亲则有更多的自然属性。"慈母"和"严父"这两种角色，其实在某种程度上，是对社会功利与心灵自由的划分与概括。

卡夫卡三十六岁写下致父亲的长信，其中剖白自幼对父亲的感受，写得那么长，那么细微，那么真切动人，却最终没有勇气寄出。三十六岁，意味着已经完全成熟了。可是他还念念不忘童年时期父亲的"伤害"，还在痛苦地倾诉。他对父亲写道："你其实是个善良仁慈的人……但并非每个孩子都具有坚韧的耐心和无畏的勇气，都能一直寻觅，直至得到你的慈爱。你只可能按你自己被塑造的方式来塑造孩子，即通过力量、大叫大嚷和发脾气。"他在信中细数了父亲施予的体罚，还有得到一点关爱时的激动心情。在一般人看来卡夫卡太过认真了，近乎钻牛角尖。

在父子关系上，即使是人到中年的卡夫卡也仍然无法超越，无法释然。他的这封信是对"严父"的反抗。但仔细想想，似乎还不止于简单的对"父亲"的反抗，其潜在意义也许更大，他反抗的是"父亲"所代表的社会，即社会功利和社会规范。那种极其巨大的，与自由天真的童年难以相容甚至是有些陌生的东西，实在对孩子的成长、对人的天性构成了压迫。卡夫卡太敏感了，压抑的感受也就特别深刻。他自己写信的时候也许没有意识到，这里的"父亲"不仅仅代表一种血缘关系，而是其他的一切。其实从卡夫卡这封著名的信中，我们可以找到他作品中的无尽隐秘。他的反抗性和一种难言的对于社会陌生力量的恐惧，都在其中了。他的了不起，在于将这种强大的不妥协精神，这种一定要说明白、要倾诉和追究辩解的执着，一直进行下去，并且一生强劲。这种力量是不竭的，最终形成了强大的内在推动力。这种独特的纠缠和偏执，通向的是诗与思的深度与高度。

如果将作家的全部文字看成是一篇篇通信或对话，大概在潜意识和意识中，写给父母的最多。海明威一生都没有原谅母亲，甚至认为她对父亲的死也负有责任。他一生写下的信件，很多都谈到了对母亲的感受，有时到了刻薄的程度。他指责母亲的生活奢侈导致了父子二人的不幸。而海明威敬佩父亲，对他自杀的结局沉痛而又惊惧，更有费解。从他的写作中可以看出，他不断用作品来证明自己的勇气，最后竟然也像父亲那样举枪自尽。在最后的一刻，他肯定想到了父亲。这是残酷坚毅、无比执拗的一种父子对话方式，是一封长信画下的最后一个句号。

哈代的母亲是一个打扫卫生的女仆，对作家的童年影响至深。哈代生于英国西部乡村一个石匠家庭，一生中除了在伦敦短暂居住五年，其余时间都在乡村小镇度过。我们从哈代的书中读到的那些感人至深的吃苦耐劳的女性，肯定有母亲的影子。哈代通常被认为是写大地的圣手，可是与大地有着同样意义的女性，也是他作品中最出色的形象。熟悉哈代作品的读者，很容易就能历数那些女性的名字。

被认为是"作家中的作家"的博尔赫斯，因为患有家族遗传疾病，自年轻时就双目弱视，后来就失明了。他需要母亲的照顾，母亲既是他的引路人，又是身边最可靠的朗读者。母亲领着他的手往前走，一直走到那些花团锦簇的文字中。博尔赫斯后来做了阿根廷国家图书馆馆长，那时候已经完全失明。他感叹自己悲惨的命运：坐拥书城，却失去了阅读的能力。"书籍和黑夜"是上帝同时赠予的两件人生"大礼"，实在太过捉弄了，但也只得收下。博尔赫斯长于记忆，不停地回想读过的书，还有母亲一直响彻在耳边的声音，这是多大的安慰。反复沉浸在那些文字和场景中，渐渐化为一张文学和生活的地图，可以精细地抚摸每一条经纬，每一道边界。

作家萧红的父亲无情、冷酷而贪婪，她常到祖父那里寻找安慰。这些童年经历与后来的离家出走、遭遇的情爱与不幸，也有或多或少的关系。她的自传体小说《呼兰河传》，或可看成致父母、故乡和童年的书札。

暴力和冷漠可以造成伤害，爱也可以。作家劳伦斯似乎是用《儿子与情人》《虹》等小说，表达了母亲过度的爱所造成的伤害。劳伦斯父亲是粗鲁的矿工，母亲则受过良好教育，父母关系冷淡，母亲强势而刻板，大儿子患病死后，即把爱集中到唯一的儿子身上。劳伦斯用小说治愈自己的童年，触及了诸多人类心理深层的隐秘与禁忌。

胡适在《四十自述》里深情回忆：不到四岁时就死了父亲，母亲作为一个没文化的寡妇在家族里苦苦挣扎，身兼慈母严父两职。"如果我学得了一丝一毫的好脾气，如果我学得了一点点待人接物的和气，如果我能宽恕人、体谅人，都得感谢我的慈母。"

作家一生都在写两封长信，分别投递给父亲和母亲。寄给母亲的温柔而内敛，寄给父亲的则是另一种声气：男子汉的粗音，是成人的声带才能发出的。这声音足以证明自己。在这逞强和反抗的意味中，有时很难分得清是针对父亲本人，还是他所代表的那个社会。

当爱与恨合二为一的时候

契诃夫出身于一个"贫贱"家族，直到祖父一代才赎出了农奴身份。父亲经营杂货铺，对少年契诃夫严厉管束，让他从小站在柜台前不得离开。契诃夫回忆说："我没有童年。"我们知道无论幸福或不幸福，人总是会有童年的，可契诃夫竟然直接否认了它的存在，听起来真是异常悲凉。

《白鲸》的作者麦尔维尔出身于美国的一个移民家庭，他十二岁时父亲病逝，他和母亲迁居乡村，住在一所很小的房子里。麦尔维尔十四五岁就投身社会谋生，干过文书、店员、农场工人，最后登上了那条有名的捕鲸船当了水手。

这样的作家可以例举很多，他们都有一个艰辛和不幸的童年，伤害与屈辱的记忆跟随终生。这可以构成人们所说的写作"素材"，比起其他人，他们有更多的故事要讲。但最主要的大概还不是这些，而是更内在的情感张力，是这种生存记忆给予他们的力量。这种力量将以不同的方式表现出来，它主要用于反抗。每个人反抗的方式不同，但一定是使用了韧长而复杂的、多方面多角度的、有时未免有些晦涩的方法。这并非是直接的宣言和抨击，也未施予具体对象，而是比所能想象的还要复杂出许多。

就作家而言，讲故事往往是最好也最常用的方法，他们通过它展现出一个无所不包的过程，里面有人有事，有不幸和欢欣，有人人熟悉的社会与自然元素。也就是这些，包含了作家深长开阔的意蕴，里面有柔和的诉说，有告慰，有难忘的爱，有感激和报答，也有仇视。

这样的反抗，会是怎样一种效果？接受者不同，效果当然也不同，这需要感同身受，需要阅读中的还原力想象力，需要个人经验的调度。不过无论如何，它是人人都能感觉得到的。作品不仅是直接表达的恨意，还包括厌恶和痛，包括爱的诉说，对大自然的柔情。这一切都是委婉曲折的、综合呈现的。

记忆太繁复了，一丝不漏地回忆童年和少年经历几乎是不可能的，于是就成了一个极漫长的、分期分批和切割成不同阶段的大工作。这种大工作花费的时间大致需要一生。童年的培育、童年的营养、童年的收获，一个人会用长长的青年与中年，还有老年，来慢慢处理和消化。

童年是用来回应的。作家写作时罗列大量细节，构造情节和人物，用讲故事的方式不断做出各种回应。这种回应严格讲就是一种反抗。它不像剑拔弩张的街头械斗一样清晰可见，而是潜在的和深远的。阅读反抗，不像阅读情爱那样直接明了，而常常是隐晦曲折的。整个的一部反抗之书，有时也会读成一部挚爱之书，原来它们有异曲同工之妙。文学伟大的不可思议的美，就在这里。它的故事和人物，甚至还有抒情的笔触，从头到尾用两个字即可概括，就是不屈或反抗。

我认识的一位有名的作家，很早就在业内赢得了名声。他生在贫穷的乡间，是被父亲从小揍大的，有时父亲往死里打他，这在当地是常见的。特殊的生存，苦难和爱，有时竟要化成这种方式积存起来。这位作家有了不小的成就之后，到了麦收季节要回老家收麦子。那不是收割，而是直接用手拔，那种辛苦不是现在的人能够想象的：只一会儿两手就起水泡。拔麦子是庄稼人的一关，这个季节没有多少收获的喜悦，因为实在太苦了。这位作家拔麦子时，因为麦根的土拍打得不干净，被发火的老父亲满地追打。父亲举着一个板凳，从这边追到那边，追累了就坐在板凳上歇一会儿。

我听了这个作家麦地里被父亲追打的故事，笑不出来。我知道这里边有些难以言说的东西，我也说不清。不过我知道：他的写作是不可限量的，这里可以套用鲁迅的那句"战斗正未有穷期"，他的"创作正未有穷期"。这个生活场景蕴藏了一种特别的伦理关系，有说不清的底层力道，正作用于一个在精神世界遨游的人。他能够在这样的年纪和所谓的世俗意义上的成功之后被追打，而且是在乡亲们面前，就有非同一般的意味了。

我估计得不错，二十几年过去，这个人非但没有让人失望，还一再地引起惊讶。因为他的忍受在继续，一个长长的被虚荣腐蚀的过程才刚刚开始，还有更深厚的东西藏在心底，这些东西要在心里鼓胀，让他继续难过。他反抗和不屈的根扎得太深，这样的压力张力之下他不会漂浮。

凡漂浮和廉价的写作，往往都是由作者轻飘的生活所决定的，生活对他来说已没有足够的重量，心中再无反抗，更没有不屈，没有那样的根，于是不必指望发芽茂长。一个人的情感总是轻松自如的，那就只适合写娱乐片和连续剧。一位好的作家无论有了多么大的专业成就，多大的名声，都不会忘乎所以。童年植下的那颗不屈的反抗的种子一直在鼓胀，试图萌发，让他不能安静。他会同情所有因各种各样的原因而处于不安的人，永远站在他们一边。让他写一点无关痛痒的文字，会很痛苦。他要揭示真相，要显示力量，要将他人生早期尊严受损的那一部分，用一生的故事加以修补。

杰克·伦敦终生不知道自己的父亲是谁。他刚八个月，母亲就带着他嫁给一个贫困的老鳏夫，随这个人姓。他小学未毕业就开始打工谋生，做童工，甚至做过偷海蛎子的贼，还当过海盗船的水手。他的长篇《海盗》就专门描写海上冒险。他一生当过的角色真是复杂，什么工人、流浪汉、大学生、北极圈的淘金者，还蹲过监狱。这是一个被生活蹂躏得伤痕累累的人，所以能够给我们讲出很多屈辱和挣扎的故事。

《堂吉诃德》的作者塞万提斯一生不幸：他当过兵，残废了一只胳膊；他当过奴隶，冒死逃离又被捉回。他从小一直站在群体之外，许多时候都是一个猜测者和旁观者，这使他对生活有一种深刻而独特的理解。这种与众不同的身份几乎贯穿了终生：他的一生都是倒霉鬼，一生都试图进入生活的纵深，试图与群体平等交流，但似乎都没有成功。他是穷孩子、伤残者、奴隶。而就是这样的一个人，将更丰腴的感受、更饱满的体验装入了内心。《堂吉诃德》写得何等开放，主人公足踏大地四处流浪，杀富济贫，匡扶正义，既是道德和勇气的化身，又是一个十足的弱者、一个悲剧角色。作者从小忍受的白眼、欺凌、屈辱和不公，造成了内心的强大张力，影响了他一生的认知，也决定了他文笔的色调。堂吉诃德身上凝聚了塞万提斯无数的幻想，可以想象他自己常常恨不能变成这个无所不能的义士，惩恶扬善，与不计其数的各色人等交往，自由流畅地生活，运用智慧走遍大地。他时常自嘲，却忍住了泪水。这样的一个小说人物，与作家的真实生活之间存在何等巨大的对比和反差，同时又有多少暗暗相合之处。

英国作家狄更斯因为父亲欠债进监狱，十岁开始做工养家，因交不起房租全家都住进了监狱。他在鞋油工场因技能熟练，竟被老板放进橱窗里展示，让路人像看动物一样盯视。《雾都孤儿》里那个贫苦无助的孩子，就是自己的童年写照。

陀思妥耶夫斯基出生在一个军医的家庭，父亲购有田庄，个性极其暴躁冷酷，因为虐待田庄的农民而遭殴致死。少年陀思妥耶夫斯基进入军事工程学校，一生都要摆脱父亲的阴影。血缘给他的东西，留下的恐惧，会在人所不知的时刻里发酵。这其实是一场极特殊极痛苦的酿造。他的代表作《卡拉马佐夫兄弟》，今天读来仍然让人心潮澎湃。这是怎样的文字，下面埋藏了一颗怎样特异的心灵，远不是常人所能接近的。今天的网络时代，因为各种资讯太多，让人的阅读感受常常处于麻木状态，那就读它吧，受一次心灵的震撼。

陀氏这一类作品，与现代后现代那些最顶尖的作品、令现代读者沉迷不已的文字，区别太大了。卡夫卡和马尔克斯、米兰·昆德拉征服了多少人，让多少人佩服，多少人模仿和向往。但是读了《卡拉马佐夫兄弟》这样的作品，会因为其中不可解脱的罪感、深深的忏悔、无法言喻的震撼而沉默。这大概是更高一级的文学，直接就是生命和心灵，由它所引起的折服甚至自卑感，必将长久存在。这是网络时代里最稀缺的元素，它会沉淀下来。

如果我们将"伟大"这件袍子套在一些绝妙的现代主义作家身上，他们一定会感到不适。这个形容词形成于古典时期，是为那个时代特制的，直到今天似乎也无法置换。托尔斯泰和陀思妥耶夫斯基、但丁、歌德、雨果这一类作家，他们不惮于"伟大"，宽大的袍子也合他们的体量。

《卡拉马佐夫兄弟》写出了最复杂的父子关系，还有兄弟之间围绕原罪、信仰的无尽辩论追究，惊心动魄，令人战栗。这种深入和诚实以及恐惧，是现代主义文学所缺乏的。关于父亲的记忆一定让陀思妥耶夫斯基陷于难以解脱的折磨之中，混合着其他苦难感受，比如那场险些让他死于绞刑的案件。这阴暗与悲凄的命运融入了他的文学。

恨与爱是两种不同的力量，当二者合而为一的时候，它才是最有力量的，最无法抵御的，也是百发百中的。

你和我

万方

所有的难，难以理解、不可理解、无法理解、抗拒、绝不接受，都被人生张着大嘴一股脑儿吞下去，用牙齿嚼碎，伴着唾液、胃液，胃肠的蠕动，一整套消化吸收的过程，最后我得到的是一样真知：理解。理解让我能接近真相，不会轻易由别人的话左右。对他们，我的亲人们，无论他们做了什么，我不想指责，也从无怨恨，因为我知道他们为什么那样做。

你和我

一

风雨一生难得过，雷电齐来一闪无。

——爸爸

以下是我努力复原的情景，时间是1974年7月14号。

沈阳市中心，一座六层的灰色大楼，有人在走廊里叫：小万！小万！呼喊声在楼道里撞来撞去，发出回响。这座楼是沈阳军区前进歌剧团的驻地，当时我正在乐队女生宿舍里聊天，听到喊声赶紧跑到走廊上。原来是教导员找我，我有些诧异，他找我干什么呢？

下楼来到办公室，敲门，喊：报告！屋子里只有教导员自己，坐在办公桌后面。一直以来的直觉告诉我这位领导并不喜欢我，原因不明，也许是我们之间太少交集，彼此漠不关心，是天天见面的陌生人。他找我干什么呢？这位脸色黑黑的小个子男人，看到我进来没有立即开口说话，这个不正常的停顿让我察觉到他并不愿意找我来，是不得不这么做。到底他找我干什么？

是这样，他说，我们接到电话，你妈妈病重，团里研究了一下，批准你今天就回去。这有一封你的电报。他从桌上拿起一张纸递向我。

我拆开信封，看到电报纸下方五个很小的字：母病重，速归。我没有反应，人卡在一个混沌的缝隙里，动弹不得。也许几秒钟，也许十几秒，忽然想到一个问题：谁打来的电话？

你家的邻居，姓周。教导员回答。

我知道那个姓周的，我当然知道那个人。打电话是很困难的，尤其是长途电话，连想都不要想。但周同志打来了电话，他从哪儿打的？单位吗？应该是单位。那爸爸呢，他在哪儿，在干什么？思绪蠕动着，毫无方向。已经没有什么话可说了。好，我说，只说了好，然后转身离开。

我的表现很冷静，怎么会那么冷静，在不该冷静的时候。后来当我逐渐对自己有所了解，发觉在某种紧要关口我总是回身关门，把别人、把世界阻挡在外面，把自己留在孤岛上，对我来说这孤岛比其他任何地方更容易忍受，更安全。

记忆从来不可靠，尤其是对痛苦的记忆。情感会淹没很多细节。离开教导员办公室，上楼回到宿舍，接下来我做了什么，怎么做的，没有多少清晰的回忆可以填补那段混混沌沌的时间，只有些若隐若现的影像。我去找了小闫，幸亏有小闫。她是列车员，跑的就是沈阳至北京的特快，那晚不是她值班，但她保证我能上车，告诉我找谁。当我想起小闫，她的样子栩栩如生，头上扎着两个小抓鬏，爱笑，笑起来嘴咧得大大的，露出两排方方的大牙齿。好多次她从北京给我带东西来，都是我爸爸到北京站买张站台票，找到她的车次，再找到她，把东西交到她手上，有糖果，有装在瓶子里的肉末炒榨菜，有《基督山恩仇记》。

7月14日那天还有其他人，歌剧团里我的朋友，雪桦，亚兰，小曲，她们知道了"母病重，速归"一定给予我很多的安慰，帮我安排些必要的事，但是我什么也想不起来了。我在孤岛上。

我是通过工作人员的入口进站的，军装很有用，没有人愿意为难一个穿着军装的小姑娘。小闫的同事让我先在列车员休息的地方坐坐，等开车再给我找座位。我听到了发车的铃声，听到列车员"嘭"地关闭车门，感觉到咣当一震，站台开始向后移动。二十点四十分。正点。

列车咔哒哒咔哒哒从黑夜冲向黑夜。我看见自己映在车窗上那张困顿茫然的脸。我知道她已经不在人世了吗？我那样想过吗？答案很肯定，不，没有。我不认识死亡，也不想认识，更关键的是我不能与死亡为伴度过那么漫长的一夜旅途。

妈妈，妈妈，我没有翅膀，我不会飞，不会魔法，无法穿越浓密的黑夜……只能坐在挤满旅客的车厢里。座位上的人七倒八歪，在照度不足的灯光下像是昏迷过去了，个别人的睡姿那么难看，甚至像死去一样。我一分钟也没有睡，没有闭眼，一夜不闭眼是很可怕的，但在那种情况下很正常。是的，前方有件事在等着我，或者说我在等着它，随着列车前进的节奏我和它的距离在缩短，越来越近，它正一点点褪去衣服，露出巨大而赤裸的模样，咔哒哒咔哒哒咔哒哒……

发现她死的时候，她躺在床上，是孙阿姨在早晨发现的。掀开盖在她身上的被子，她的身旁身下全是药片，安眠药。她不是自杀，是吃多了药，吃了又吃，根本不知道自己吃了多少，根本无所谓了。但她没想死，这点我可以肯定，她没有那么勇敢，也没有那么胆小，最关键的是她爱我们，还想见到我们。她的问题是离不了安眠药，依赖它，1974 年 7 月的这个夏夜，安眠药要了我妈妈的命。

即便已经过去了四十三年，回忆仍然令人痛苦，令人望而却步。活得越久我越懂得要感恩一件事：忘却。我感激忘却，没有忘却人很难正常健康地生活下去。

我突然明白写这本书对我的意义了，它要求我活得健康，有健康的心态，不是医学的标准，是我自己的标准。我必须是一个没有太多心理疾病的心态正常的人，一个写作者。我够格吗？

妈妈和爸爸，他们两个人都在吃药，都离不开安眠药。只有安眠药能让他们离开 1974 年的中国，北京，东城区，张自忠路 5 号，后院里那两间阴暗的屋子。我不知道吃药之后他们去了什么地方，但想必那地方是不可怕的，不必恐惧什么，不必一刻刻熬时间，苦苦想念女儿，也谈不上绝望，因为根本不必希望，那里没有明天的概念……如果妈妈是从那里出发，离开这个世界，也许我应该为她高兴。这样的想法是不是有点残忍。

回到刚才的问题，我够格写这本书吗，我足够强大、具有这样的能力了吗？

我怕痛苦，像所有人一样，至今仍然怕。但是还有一种更占上风的欲望：表达。我需要表达，我想要表达对妈妈的爱，表达我对爸爸妈妈的感情，而他们已不在人世。作为一个靠写作为生的人，除了写还有什么其他更好的方法吗？

1974 年，当我回到家，妈妈已经不在家里了，在医院的太平间。我妹妹也回来了，那时我们俩都在当兵，我在沈阳她在烟台。我记得很清楚，我们俩坐在窗下低矮的破沙发上，另一位邻居，一个阿姨面对我们坐在小板凳上，讲述妈妈是怎么被发现死去的。我下意识地哭了，并没有大哭，抽抽噎噎的，有些懵懵懂懂。然而我还是有所知觉，能感知到周围的事物，对我妹妹的表现感到一丝惊讶。她没有哭，语调镇定地问了几个问题，像个局外人，一个严肃的调查者。人生第一次，我感到我妹妹是独立的个体，在此之前她只是我生活中必然存在的一部分。我发现我们虽是一母所生，生长在同样的环境，人和人却那样不同。这个浅显而实在的道理我是在那个时刻被启蒙的。

接下来有些事情要办。需要找一套衣服给妈妈穿。我知道妈妈不久之前给自己做了一套深蓝色的哔叽套装，一件外衣和一条裤子，很容易就在箱子里找到那套衣服，几乎没穿过，舍不得穿。但最终我没有选那套衣服，而是选了一套她日常穿的，一件黑色带着隐约白条纹的呢子上衣，一条黑裤子。为什么做了这样的选择呢？我一生都在责备自己。为什么不让她穿平时舍不得穿的新衣服？难道我也舍不得吗？难道我自己想穿那套新衣？我当然没有穿过，那是不可能的。那套衣服我一直留着，在箱子里保存了几十年，后来消失了，不记得从什么时候不见了，也不记得它的下场，应该是被处理了。

东西的价值是什么？我们为什么保存没有任何用处

的东西？为了纪念，为了自己的心情，为了证明我们活过，经历过？不管为了什么，我的箱子里依然保存着一件蓝布中山装，春秋天，妈妈最经常穿的一件外衣。那是个旧皮箱，多年没有打开过一次，但是我知道衣服在里面。

爸爸始终不在场，或者是在我的记忆里他一直不在场，或者我并没有关心他在哪儿，在干什么，似乎觉得他不在场是自然而然的事。

事实上他在，就在他那间小书房里。是一排小平房中的一间，被前面更高又离得很近的房子挡住了所有的阳光，靠墙的书柜遮住了墙上一块块发黑的霉斑，但没有办法消除阴湿的潮气。屋里有一张床，他躺在床上，始终躺着。我们去医院的太平间见妈妈最后一面，他没有去。这可能吗？难道是我记忆失效？我又询问了妹妹，得到肯定的回答，他确实没去。

现在我知道了，他在他的孤岛上。不，那不是一座孤岛，是一个深渊，他掉在深渊里，无法想象有多深，多黑暗，多么哀痛。

因为妈妈去世，我有一个月的假期。能在北京待一个月是多么令人激动啊。这一个月我和妹妹去了两次颐和园，和朋友们爬山、划船。7月的太阳当空照射，昆明湖如一面白晃晃的大镜子，映得我们的面庞熠熠发光。朋友带了一部120的海鸥照相机，照片上的我坐在船上，穿着游泳衣，那时候昆明湖可以游泳，快乐地笑着。

我爸爸躺在小屋里，一个人。

从什么时候起我才认识到青春的残酷无情？压抑的大石头可以被轻而易举地推动，骨碌碌滚开，注意力已经转移到有趣的事物上了。我们逃得那么迅速，快得不可思议，不合情理，如今，这属于孩子、属于青春的能力，我早已丧失殆尽。

我爸爸躺在小屋里，他听到我们出门，听到我们回家，看到我们的脸被太阳晒得红通通，兴奋又疲惫，他会是什么感觉？会为我们一整天忘却了失去妈妈的悲痛而心寒，愈发觉得自己孤单，愈发哀伤？不，他不会，他看着我们，听着女孩儿细碎的说笑声，他想：哦，青春，战无不胜的青春啊！他肯定是这么想的，我了解他。

就这样，在我二十二岁的时候，我的妈妈离开了人世，我失去了妈妈，被抛在一个没有妈妈的世界里，从此生活中的一切恩怨只能自己解决了。

二

2018 年，我的狗，乖乖，已经进入她狗生的第十五个年头。早上她不想吃饭，没有胃口，我用猪肝诱惑她也失败了，只得放弃。

准备开始写作的时候，我把她的小窝放到书桌上，这样我一抬眼就能看到她。从书桌的高度看房间，看这个家，她不大习惯，支起脑袋看着，一动不动，像是在等待什么事情发生，当然，什么事也没发生。过一会儿她看累了，趴下，蜷起身子，闭上眼睡了。

于是我开始写。

自从我说出我想写妈妈，为她和爸爸写一本书，我妹妹就多了一件事：催促。写呀，你写呀，你怎么还不写，你什么时候写呀？我不作回答，因为写作这件事只能按照自己的心理节奏进行。但她的催促还是起到了作用，让我不至于以心理准备为借口一直拖延下去。后来我终于写出第一段，就发到她的邮箱，我觉得她应该算当事人之一，听她的意见很必要。奇怪，很长时间没有回音。她住在美国，并非我们没有联系，平日我们通过微信或 Face Time 保持着频繁的联系，但她只字不提我发给她的文字。到后来我忍不住问她是否看了，她说还没有，她会看，当然要看。过了一阵我又问，她说还没找到时间，需要找到合适的时间才能看。当我第三次再问，她终于说了实话，她不想看，有些事她不想回忆。

原来她也不想回忆。原来她也怕痛苦。这证明了一个事实，我们无法把痛苦的感觉从对妈妈的记忆中消除，阴影总会势不可挡地逼近，令人心生逃开的念头。其实没有什么地方可逃，不管你背对着它，还是面对着它，它都在那儿。

有些事物会消失，如同从未发生过，有些事物永远存在，是你生命的一部分。

这样子到了 2017 年 9 月的一天，上午，明晃晃的阳光从窗子斜照进来，在白墙上悄悄移动。屋子里没有一丝声音，我妹妹坐在我家的书桌前，面对打开的电脑默默阅读。当她看完我写出的以上文字之后，站起身，又搬来一把椅子，我们并排在书桌前坐下，开始讨论。

关于妈妈的死，我妹妹说：那实际上是一个意外，在美国这种情况叫作 Drug Overdose，缩写是 OD，翻译成中文意思是药物成瘾后，过度使用，致死。现在在美国已经被宣布为国家级的紧急威胁，尤其是在疼痛病人和穷困失业的人群中，由于失业或种种病痛造成了抑郁，而吃上了这类含吗啡的镇静剂和止痛剂。我妹妹是医学院毕业的，一直在公共卫生领域工作，说话总是首先从科学性出发，而我则想起了王府井大街上的那家药店。

止痛剂，没错儿。有一个时期我经常去那家药店买索密痛，也叫去痛片，棕色玻璃的药瓶，黑塑料盖，白色扁圆的药片，一瓶一百片，价钱我记不得了，好像一块多钱。现在我知道了索密痛的成分，非那西丁、咖啡因、氨基比林、苯巴比妥，知道了它的副作用，损害肝肾功能、贫血、眩晕、肌肉抽搐，还有很多，会依赖成瘾。而那时我懵懂无知，也毫不关心，甚至看到我妈妈吃药的样子也并不觉得奇怪。她打开瓶盖，把药片倒在手掌上，小小的一把，手掌一抬，捂住嘴巴，药片不见了。

她说她手疼，举起手给我看，手很瘦，骨节很突出，手指弯曲，可能是无法伸直。我做了什么，握住过她的手吗？给她捏过吗？我不记得了。后来爸爸也和我说他手疼，只要我一坐到他身边，他就自然而然把手伸到我面前，我也自然而然地攥住他的手，给他捏呀捏呀捏呀，缓解疼痛。可妈妈说手疼的时候我还太年轻，心太野，不懂得一个人把手举向你的时候是想让你给她捏一捏，我只是想：哦，知道了，所以我去买索密痛。吃吧，吃了就好了。结果，妈妈就把手收回去了。

好难过啊！真是太难过了。我并不是自责，也不是后悔，只是难过，就像有一只手在胸口掏，一下一下，实实在在地掏，把心掏成了空洞。活着的大部分时间里我们不会为死去的亲人悲伤，只是在某些时刻，回忆起特定的情境，悲痛突袭，把人打个稀里哗啦，全身瘫痪。由此我认识到，人总要为自己的行为付出代价，是的，甚至要付一辈子。

我妹妹说现在她能理解妈妈当时的情形，可能是颈椎病引起的手臂疼痛，因为她前段时期也遭遇这种疼痛，会疼得哭，疼得无法睡觉。她也不得不吃这类很厉害的镇痛药。

孙阿姨，是她在早上掀开妈妈的被子，看见她躺在满床的药片上。孙阿姨也是最后一个和妈妈说话的人。头天晚上她帮妈妈端来热水，在妈妈洗脚的时候两个人还说了话，一些平平常常的话。其间孙阿姨又去了一次厨房，把炉子上烧着的水壶提来，往洗脚盆里加了两次热水。不光是手，妈妈四肢的骨节都疼，用热水烫烫会舒服一点。但是她没有想自杀。当时孙阿姨再三强调那个晚上和平日一模一样，她没觉出一丝异常。

孙阿姨是当时还留在我家的保姆，一个朴实的好人，没有人对她的话提出疑议。

我妹妹说这是早晚要发生的事，她的意思是 Drug Overdose 是一种病，这类病人在生理上始终在和药物挣扎，需要治疗，需要戒除毒瘾的机制参与进来，即便如此也会反复，而妈妈……所以……

我不能容忍，打断她：不！在一切问题之上还有一个最重要的原因，那个世界是她不想看到的！我的语气过于激烈，谈话一下卡住。片刻寂静之后，我妹妹显出些许犹豫，"其实，"她说，"其实我有负罪感。"负罪？

我不明白。她的理由是如果她不去当兵，不离开家，妈妈就不会死。

是这样吗？也许是这样。但是这种假设有什么意义？当兵是多么大的荣耀有人能理解吗？在那个年代是至高无上的荣耀，最美的美梦。我能离开东北农村去当兵，简直就是一步登天。靠的是我爸爸。虽然那时候他是一个被批判的反动文人，他所有作品都成了"大毒草"，可还是有人曾经看过他的戏，被深深打动过，暗自仰慕他，愿意帮他，解救他没有出路的女儿。

所以我认为我妹妹不必有负罪感，而她所说的负罪感我甚至觉得有些美国味儿的矫情。确实，当时我已经去东北插队，她是唯一留下的孩子，可以留在北京，照顾父母。但是当一位来自烟台的海军军官、我爸爸的又一位隐秘的仰慕者出现，给予他的小女儿一个参加海军的机会，这个小女儿立刻就兴冲冲地参军去了，从烟台基地寄回家信，信封里装着少女的美照，脸蛋红艳艳、嘴唇鲜红、头戴军帽、身穿白色海军服，当然所有的颜色都是染成的，那时候根本没有彩色照片。她不需要为此自责。我历来相信每个人做任何事都是有他的理由的，从事写作的人就是要找出那些理由。而我妹妹理由充足，那时候她才十五岁，她懂什么。

坐在书桌前，我们没有互相安抚，更像在对峙，被一团无形的微微愤怒的力量隔开，无法用温和的方式宽慰对方。在我们姐妹之间这样的谈话以前从未发生过。

微微愤怒，一点不错。我妈妈死了，这是无可挽回的，但是我也无法平静地接受。她死于1974年7月12日，时至今日，对那个年代我依然愤怒，依然憎恶。岁月的土一层层埋上来，越埋越厚，土上长出了东西，草、庄稼、林木、繁花，谁还在意地底深处有什么东西，那东西又不值钱。我在地面上生长，生活，也有所收获，可当年那个年纪轻轻的姑娘还埋在地下，她没有死，随时会活过来。

我妹妹会承认她心里那个小姑娘的存在吗？她经常说她在海外游历了太多年，结婚成家，在另一个世界过着太不一样的生活。好吧，如果那个姑娘真的在她心里死了，算她幸运。可是谁知道呢？

9月24日是我爸爸的生日，诞辰日，我们那天的计划是吃过午饭去万安公墓看爸爸。接近中午十二点时，谈话适时地结束了，那一刻我们俩似乎都感到某种轻松，就像从一个被困的地方解脱出来。

哦，乖乖还在睡着，因为牙掉了，小舌头伸在外面。我伸出手摸摸她的鼻子，还好，凉凉的。她立刻醒了，睁开眼睛看我，用那种狗对主人的凝视，看着我，看着……

三

照片上的小男孩从一辆轿车里伸出头来，仰着脸笑，短短的头发，亮亮的眼睛，圆鼓鼓的脸蛋红黑红黑，是那种被海边的太阳晒过的颜色。他是我的小舅舅。1932 年在青岛病逝，死的时候四岁。

小舅舅得的是猩红热。那时候没有抗生素，抗生素在二次世界大战期间才研制出来用于药剂。身为医生的公公拿不出办法，救不了自己的孩子。绝望的外婆把小儿子吐出的东西吃下去，紧紧抱着他，亲他的嘴，拼命亲，猩红热传染性很大，她要被传染，和小儿子一样死去。外婆果然如愿以偿得了猩红热，但大人的抵抗力强于儿童，结果她没有死。

我的外婆生了七个孩子，就像被施了可怕的咒语，在前后十年间七个孩子死了五个。小儿子去世前三年，1929年，外公还没有去青岛大学任职，在民国政府内务部做事，住在北京。他们的大儿子患了骨癌，疼痛让这个十七岁的大男孩忍不住号叫，一条胡同的人都听得见他惨叫的声音。在儿子号叫的时候外婆在干什么，她怎么能忍受？我可怜的外婆啊！也许从那个时候起麻醉剂就进入家中。这是我的猜想。因为外公是医生，有可能弄到麻醉剂，也许是他自己拿回家，也许是外婆求他弄回来。天下没有母亲能在儿子的惨叫声中过日子，没有什么能帮她，除了麻醉剂。外婆把麻醉剂当作救命稻草，虽然救不了大舅的命，但可以止住惨叫声。我甚至怀疑外婆自己也需要用药，完全有可能。不管事实如何，不管事情后来向什么方向发展的，我都能够理解。

相信我，理解是一件太好的事情。在理解与不理解之间横着藩篱、高墙，横着火海和刀山，而我跨过去了，是在不知不觉中跨过去的。所有的难，难以理解、不可理解、无法理解、抗拒、绝不接受，都被人生张着大嘴一股脑儿吞下去，用牙齿嚼碎，伴着唾液、胃液、胃肠的蠕动，一整套消化吸收的过程，最后我得到的是一样真知：理解。理解让我能接近真相，不会轻易由别人的话左右。对他们，我的亲人们，无论他们做了什么，我不想指责，也从无怨恨，因为我知道他们为什么那样做。

小儿子，我的小舅舅，是最后离开的一个。在此之前外婆的三个女儿很小就已经死了。当咒语停止时，外婆的七个孩子只剩下我妈妈邓译生和她的妹妹邓宛生。

方素悌，是我外婆的名字，生在安徽桐城方家。我有一张方家的家谱图，是在旧金山的探微阿姨给我的，她是八姨婆的女儿，现在已不在人世。那张图像一棵倒长的大树，排在顶头的是：猎户方，说明方家是打猎出身。到了方子雅那一代在鲁弘山教书办学，成了大名鼎鼎的安徽桐城派的分子。

我的外婆，我叫她从来只叫一个字：婆。婆却没怎么读书，她的妈妈死得早，年纪轻轻她就开始管家了。家里的吃喝开销都是她管，还管给长工做饭，还管给九妹缠足。十五岁的九妹和南京的陈家定了亲，陈家说不是小脚他们不要，婆就自己动手。缠足是一个漫长煎熬的过程，先要用热水泡脚，把脚泡软，准备好宽宽的结实的布带，把脚趾尽量朝脚心弯曲，压住，用布带一层又一层地缠，缠好用针线缝死，过些日子解开布带，再来一遍，一次比一次勒得更紧，迫使脚扭曲地生长，长成婆的脚的样子。

婆的脚外观像只粽子，行走的时候因为着地面积很小，缺乏稳定性，所以婆走路不像走路，像在往前挪动身子。她永远也不能跑，心急的时候只能一颠一颠，加快一点点可怜的速度。小时候，对她的脚我抱着一种微微鄙夷又好奇的心理，一次她洗脚的时候我提出想看看，她把脚伸给我，我终于看了个清楚。天！怎么会有这样的脚？如此畸形。除了大拇指，其他四个脚趾像是折断了，被踩得瘪瘪的贴在脚底。我轻轻掰起脚趾看，脚心上印出它们粉色的凹痕。"疼吗？"我问。"哪里还会疼，"她收回脚，用毛巾擦干，"小时候可是疼得哭爹喊娘，求啊求，不行，不裹不行的。"婆诚心诚意地讲给我听，我却连一句为什么都没有问。那时候我最爱读的是一套少儿丛书《十万个为什么》，装着我对世界全部的认知，里面没有这个问题，为什么中国女人裹小脚？

九妹一辈子都记恨婆对她做的这件以失败收场的事。是的，失败了，因为九妹反抗得很激烈，婆抵不过她，九妹的脚没有裹成，长成了一双普通的能奔跑的大脚。

我在那棵倒长的家谱大树上找到了九妹，方令孺，我的九姨婆。她后来在1923年去美国留学，再后来回国，在山东大学教书，写诗写散文，和徐志摩、闻一多、梁实秋一起喝酒，是他们自称的"酒中八仙"的何仙姑。大家都叫她九姑。她和林徽因被称为"新月派"仅有的两位女诗人。解放后当过上海市妇联副主席和浙江省文联主席，是另一个长长的故事。

四

我的妈妈，邓译生，是邓仲纯和方素悌的女儿。

外公邓仲纯，又名邓初，他出生的邓家和方家一样，也是安徽名门。祖上最有名的人物是邓石如，清代篆刻家、书法家，外公是他的五世孙。邓石如为自己起了几个很浪漫的号，号完白山人、风水渔长、龙山樵长、顽伯，可见是多么自由洒脱、特立独行的一个人。

　　我对外公没有多少清晰的印象，印象最深的是在他死之前，北京锣鼓巷的一个院子里的光线。我从来对光线很敏感，会忘掉发生的事情，忘掉事情发生的缘由，但是会记得光线，会记得一切是在什么样的光线下发生的。我记得西斜的阳光斑驳地洒落在院子的砖地上，很多大人在屋子里进进出出，一个病人躺在里屋的床上快要死了。他和我有关系，可我不清楚是什么关系，因为我太小，而且他几乎没有在我的生活里出现过。那位躺在床上的老人，脸瘦得吓人，颧骨下面塌陷得像两个黑洞，妈妈拉着我的手走到他床前，那是我不愿意做而不得不做的。我不记得是他摸了我，还是我摸了他，总之我们有身体上的接触。因为他看不见，什么都看不见，脑瘤压迫了他的视神经。这是我长大以后知道的。"亲亲，亲亲公公。"妈妈凑到我耳边说，同时想把我抱起来，举到适合的高度。我陡然挣脱她的手，扭身逃跑，跑出屋子，逃到明亮的西斜的阳光里。死亡依然存在，不知躲到什么地方，像空气中飘浮旋转的颗粒，一会儿被阳光照见，一会儿又消失不见了。

外公病重后从青岛来到北京，因为他的两个女儿都在北京，他的妻子也在北京。他和婆从抗日战争结束之后就分开了，再也没有一起生活。他有一个女人，是个护士，李大姐，他们住在一起。但是在最后的日子李大姐没有来北京，没能陪在公公的病床前。

妈妈准备好了房间，铺好了床，干净柔软的枕头，新暖壶，新毛巾，脸盆，拖鞋，等待爸爸住到自己家里，让她能尽孝，贴身地看护服侍。她长得最像爸爸，是爸爸最爱的女儿。可爸爸却没有来，不肯住进铁狮子胡同 3 号女儿的家。他的拒绝我认为有两个原因：一个是大家都认为的原因，公公从一开始就不接受爸爸，我是说我的爸爸，到最后他还是不情愿改变对这位女婿的态度；另一个显而易见的原因却被忽略了，那就是公公不愿意回到婆身边。和公公分开后，婆一直跟着我妈妈生活，我爸妈的家就是她的家。公公不想回到婆的家里，重归婚姻的壳子，哪怕那只是一个形式，哪怕他就要死了。他要对得起另一个女人。

我需要简单解释一下第一个原因，我爸爸和我妈妈相遇、相爱的时候，他是有家室的人，已经有了一个女儿，而我妈妈是公公的心肝宝贝，二十出头，还从没离开过父母身边。对他们的爱情公公竭力反对，最终彻底地失败了，因此他怀着抵触的心理，到死。这个理由亲友皆知，却掩盖了另一个理由，也许那才是公公更在乎、却不想说出口的。我姨告诉我，公公有一次和她说起婆，他结发的妻子，他说：小宛生啊，我对得起你妈了，我没有和她离婚，对得起她了。

我要说：走自己的路，让别人都见鬼去吧！这就是这一刻我真正想说的。人，为什么活得苦，活得那么累？以公公为例，他在感情上始终不接受我爸爸，把他视为异端，然而他自己又离开了妻子，但还给她留下妻子的名义。我爸爸呢，历经百般曲折，终于离成了婚，和我妈妈结了婚。这里有两个男人，我爸爸，公公，我不想把背叛、抛弃这样的词用在他们身上，因为如果我用了这样的词，就会有一万个其他的词语冒出来反驳，就会出现一个法庭，律师就会开始为各自的一方辩护，陪审团就会一分为二，争论，吵架，甚至打起来，最可笑的是，当然也很可悲，不会有判决，因为根本没有法官，没有人有资格。钱财可以判决，房产可以判决，物质可以判决，权利也可以判决。除了爱。

在公公患病之后我的姨曾和李大姐见了面，李大姐跟她说：我是真的爱你爸爸，我会好好照顾他。但是我的姨不同意，不答应，她不仅代表她自己，还代表着全家和全社会。当她和我谈起这段往事，她哭了，哽咽得说不出话，但我还是能听出她的哽噎："我对不起公公，对不起，对不起他……"之所以为了数十年前自己的行为而痛心哭泣，因为她最终意识到尽管众多亲友陪在公公的病床前，公公还是感到极大的欠缺，甚至很孤独。

1958 年的锣鼓巷，我记忆里的院子，是妈妈匆忙之中租下的。她一定很伤心，除了为父亲病重，还为她心底的愿望破碎了。父亲和丈夫，父亲和母亲永远被生死分隔，再也不可能有任何机会了。

时间会把一切都在阳光下摊开，我的优势是从事情发生到今天，我拥有的时间比他们多。时间意味着距离，距离意味着理性，一般来说理性很难战胜感情的力量，尤其在亲人之间，理性经常处于下风。所幸，在写的过程中我发现自己心理上一点点发生了变化，变得不再那么踌躇多虑，更趋于坦然，坦然地面对真相。在此我要把这句话再说一遍：走自己的路，让别人见鬼去吧。

伊丽莎白一世的情憾

周鼎

当二十五岁的伊丽莎白（一世）登基之后，英格兰举国上下都相信另一条真理：有权的单身女人总是要嫁一个老公。从此以后，全国人民为女王大人的婚姻操碎了心。偏偏女王却不厌其烦地公开宣扬独身主义。她的名言是："我已经嫁人了，我嫁给了英格兰王国。"

"有钱的单身汉总是要娶一个太太，这是举世公认的真理。"

这句妙语是英国女作家简·奥斯汀的经典小说《傲慢与偏见》的开篇第一句话。当二十五岁的伊丽莎白（一世）登基之后，英格兰举国上下都相信另一条真理：有权的单身女人总是要嫁一个老公。从此以后，全国人民为女王大人的婚姻操碎了心。偏偏女王却不厌其烦地公开宣扬独身主义。她的名言是："我已经嫁人了，我嫁给了英格兰王国。"

一场"死灰复燃"的爱情

伊丽莎白女王为什么选择独身，历史学家们猜测纷纭。最可能的原因是心理障碍。

女王的母亲是安妮·波林，是亨利八世的第二任妻子。亨利八世为了追求安妮，不惜与罗马教皇翻脸，执意与当时的王后（阿拉贡的凯瑟琳）离婚。可是，安妮当上王后之后，还是未能满足亨利国王渴望一个男性继承人的愿望。在伊丽莎白三岁时，安妮王后被亨利国王以叛逆罪名处死。伊丽莎白从此被视作私生子，失去了公主称号。在她八岁的时候，亨利八世的第五任妻子因通奸罪被处死。

当她豆蔻年华、情窦初开时，她爱慕的托马斯·西摩将军也沦为阶下囚。

女王青少年时期的悲惨经历让她从此不再相信婚姻。如果不是同父异母的弟弟爱德华六世和同父异母的姐姐玛丽女王相继去世，伊丽莎白也许可以安心遵循自己的独身主义。然而，戴上王冠之后，伊丽莎白便不得不承受举国逼婚的巨大压力。

在伊丽莎白女王漫长的一生中，距离婚姻殿堂的最近时刻发生在1578年。这一年，女王已是四十五岁。当所有人都相信女王会孤独终老的时候，女王却出人意料地陷入热恋。她的恋人不是别人，正是她曾经不屑一顾的安茹公爵。安茹公爵是法国国王查理九世的弟弟，比伊丽莎白女王年轻二十多岁。女王出于建立英法联盟共同抵御西班牙的考虑，曾假装对年轻的安茹公爵颇有兴趣，然后利用宗教问题拖延时间。当时，英格兰信奉新教，法国则是天主教国家。伊丽莎白女王坚持要安茹公爵改入圣公会。安茹公爵身为虔诚的天主教徒，拒绝违背道德良知。后来，公爵完全失去了对这门亲事的兴趣。

谁料到数年后，死灰竟会复燃。导火线是发生在荷兰的一场战争。荷兰的新教军队遭到来自奥地利哈布斯堡王朝的进攻。哈布斯堡的背后支持者是狂热的天主教卫道士西班牙国王菲利普二世。如日中天的西班牙是当时英格兰王国的头号大敌。一旦荷兰沦为哈布斯堡的囊中之物，英格兰将被彻底孤立。但是，女王也不希望卷入这场毫无胜算的战争。就在女王左右为难的时候，法国的安茹公爵试图加入这场战争，浑水摸鱼。女王既不能坐视荷兰新教军队被天主教联军击败，又不能派出军队大力支援荷兰，于是她想起了曾经无疾而终的英法联姻。

与此同时，没有得到法国国王支持的安茹公爵也意识到自己势单力薄，在荷兰战争中难有作为。不甘寂寞的他思量再三，重新将眼光投向海峡彼岸。是年秋天，伊丽莎白女王和安茹公爵开始秘密通信。女王开始认真地思考嫁给安茹公爵带来的收益，其中她最需要的，就是建立新的友谊，让英法关系走向新的境界，从而让荷兰取得真正和平。除此之外，她更能有效地帮助法国的新教徒摆脱政府的严厉打击。

　　11月份，安茹公爵派遣他的御用衣橱管理大臣圣马可男爵尚恩·席米尔前往英国。席米尔男爵善解人意，深谙风情，颇得伊丽莎白女王的欢心。女王为他起了小名——"猴子"。"猴子"男爵的热心说笑成功唤起女王对这门婚事的期待和兴奋。女王的参事与臣子们都认为，向来只恋爱不结婚的女王这次可能是认真地想结婚了。女王故意反讽说："像我这样的老女人想结婚可不是好事吗？"但是，女王仍有满腹疑问。安茹公爵是真对她感兴趣，抑或是对英国王位感兴趣？在答案揭晓前，她都无法安心。她必须等待安茹公爵亲自前来。

权谋中诞生的真心

1573 年 3 月，席米尔男爵给英国枢密院上呈了一份联姻条约草案。但是，其中三项条文遭到了枢密院的拒绝。这三项条文的主要内容是：婚后安茹公爵随即加冕为英王，拥有与女王相同的权力，可授予封地与教会职务，同时英国国会还须通过每年给付六万英镑作为他的薪资，而且必须给付到两人的孩子成年为止。

一直向女王逼婚的枢密院之所以反对这门婚约，主要原因还是宗教问题。尽管安茹公爵已对宗教不再狂热，可能为了伊丽莎白女王而改信新教，但他现已身为法国王位的继承人，因此必须维持天主教身份。

除此之外，女王的年龄也是一大问题。此时她已年届四十五岁，就以现代的标准而言，要生孩子也太晚了。因为担忧女王的安危，大臣们还进行了相当仔细的调查，以了解为英国诞下王位继承人的过程，是否会为女王带来任何危险。王室医师预测，伊丽莎白女王至少还有六年的生育机会，因此可以断定，高龄之下，她仍有能力生育。当然，她是否会在生产过程中身亡，谁也不能保证。毕竟在16世纪，大约有四分之一的女性死于生产过程。这两大问题引发了枢密院大臣之间的激烈争论，但是最终决定还得看女王的态度。

女王的婚事同样在英国民间引起争议。尽管有人已经开始订制女王的婚纱，但在伦敦，反对与赞成这场联姻的人数是三比一。许多人反对的理由，主要是因为安茹公爵不仅是法国人，还是个天主教徒。有一位传教士还大胆地在女王面前预示："与外国人成婚，只会为国家带来灾难。"受到侮辱的伊丽莎白女王在布道会中愤而起身离席。民间的反对声浪相当激烈，不只是反对伊丽莎白女王，更重要的是反对法国。女王只好采取行动禁止任何支持臣民反对此计划的文字流出。

由于女王执意召见安茹公爵，英国枢密院只好勉强同意。安茹公爵不顾哥哥亨利三世（**查理九世去世时将法兰西国王王位传给了弟弟亨利三世**）的反对，乔装打扮前往英国。为避免此行毫无结果，安茹公爵乃秘密出访。但此举纯属掩耳盗铃。英国宫廷多数人都已知道，只是聪明地装糊涂。

在两人会面之前，女王一直以为安茹公爵是一个外形丑恶又畸形的侏儒，见面之后，却发现公爵是一个成熟又充满魅力的男子。虽然他脸上的天花疤痕确如传言，但无损他诙谐风趣的吸引力。女王表示，"我这一生中还未见过比他更适合的人选"。她昵称公爵为她的"小青蛙"。他们互赠礼物，发下誓言，白头偕老。有一日，女王安排安茹公爵躲在帷幕后观看宫廷舞会。女王为了博爱人一笑，跳得格外投入，情不自禁地朝公爵躲藏的方向挥手微笑，结果让安茹公爵露出了马脚。当然，舞会上的臣子们都礼貌性地佯装不见。

当安茹公爵离开格林尼治时，热恋中的两人依依不舍。公爵在归途中接二连三致信伊丽莎白女王，表示她不在身边让他感到相当孤寂，但也只能抹去自己凄凉的眼泪。他还肉麻地说自己是全天下最忠心、最深情的爱情俘虏，并表示他要亲吻女王的脚，只为在这片不平静的海中找到一处港湾。尽管伊丽莎白女王装作若无其事的模样，但她私下的心绪已大乱。她写了一首情意缠绵的诗，叫作《亲王的别离》：

懊悔，我为何不敢表达不满

我爱，却被迫装出厌恶的模样，我沉溺，
却不敢表现出来

我看来像个十足的哑巴，内心却正絮絮叨叨

我是，却也不是，我冷如冰，却又热如火。

这样的我，让我的另一面也难接受。

……

是为权力的放弃，还是为责任的无奈？

但是，女王的爱情有多热烈，英国境内的反对声就
有多热烈。一位来自诺福克郡的清教人士约翰·史塔伯
斯写了一本小册子。这本小册子在伦敦付梓发行，很快
风行全国各地。这本小册子使用的语言十分激烈，而且
大大地攻击了女王以及安茹公爵。他声称安茹公爵就是
伊甸园中的邪恶之蛇，再度来勾引英国夏娃，准备破坏
英国这块净土。他还质疑，女王陛下这个年纪还要传宗
接代，根本不是明智之举。

伊丽莎白女王看到这本小册子时，整个人怒火中
烧，不只是因为这本小册子策动人民反对她，还因为它

诽谤中伤又侮辱了盟邦法国。女王立刻发表声明书，谴责这本小册子无理取闹，煽动不满，下令查扣所有册子，将之焚烧殆尽，甚至派人前往圣保罗的十字架前，向臣民宣告绝不为婚姻改变信仰。女王还下令逮捕史塔伯斯，以煽动叛乱罪并准备将他吊死。在愤怒的情绪过去后，伊丽莎白女王恢复了冷静。她意识到自己的一时冲动已经触怒了公众，于是十八个月后便释放了史塔伯斯，甚至在宫中接见他。

接下来该英国政府明确表态了。英国枢密院在热烈讨论后，举行投票表决。在一名参事缺席的情况下，七票反对，五票赞成。伊丽莎白女王显然已经知道，若在参事与臣子们如此反对这桩婚事的情形下，坚持与安茹公爵成婚，绝对是个愚蠢的念头，当四位枢密院代表前来请谒，要求了解女王的想法，她知道自己必须拒绝最后一个嫁人生子的机会，忍不住伤心哭泣起来。枢密院代表们垂头丧气，赶紧退下。

一天后，他们又诚惶诚恐地再度谒见女王，表示只要女王高兴，枢密院将由衷支持英法联姻。枢密院态度转变的原因是，女王如此渴望婚姻，并且如此直接地表示希望丈夫就是安茹公爵，除此之外谁也不要，因此感动了他们，让他们改变心意。可此时的伊丽莎白女王已经恢复往昔的冷静沉着。她知道，现在她若想维持臣子们的爱戴，就永远不能让安茹公爵当她的丈夫。但更重要的是，她还必须强颜欢笑地拖延联姻协商时间，以维持法国方面的友谊，然后等待法国方面的主动放弃。

这是伊丽莎白女王最后一次公开谈婚论嫁。二十五年后，女王驾崩。她尽其一生缔造了大英帝国的崛起，却未能为帝国生养一个继承人。她甚至拒绝明确指定王位接班人。幸好她的大臣们都心领神会。而当女王刚刚咽下最后一口气时，她手指上的蓝宝石戒指就被摘下，马不停蹄地送往苏格兰。在爱丁堡，苏格兰国王詹姆斯六世正在焦急不安地等待继位。

詹姆斯六世的母亲是被伊丽莎白女王宣判处决的前任苏格兰女王玛丽一世。玛丽一世曾处心积虑抢夺伊丽莎白女王的王位，没想到她的儿子兵不血刃就完成了母亲的遗愿。这一切似乎都要归咎于女王长期奉行的独身主义。当苏格兰国王詹姆斯六世加冕成为英国国王詹姆斯一世之后，不少英国人满怀期待，毕竟他们终于拥有了久违的男性君主。可是，不用过多久，他们又将会怀念伊丽莎白女王。

在一个男权至上的时代，伊丽莎白女王承受的压力超过了从前所有的男性君主。在她去世之后，人们才意识到她完全可以比肩历代伟大君王。伊丽莎白女王曾说过一句名言："在旁观者眼中，戴着王冠君临天下的荣耀，比起在位者实际感受到的乐趣还多。"女王内心的甘苦滋味可谓尽在其中了。

我们相爱已经十万年

李舒

　　因为画黑画被关"牛棚",全家人被赶到一间斗室,是真的斗室,连窗子也没有。她不讲话,他知道她内心的煎熬,于是在墙上画了一个两米多宽的大窗子,窗外开满鲜花。

黄永玉先生的太太张梅溪先生去世了，享年 98 岁。黄先生为妻子写了讣告，这个时代，能够得夫如此送妻最后一程，令人感佩。讣告文字是沉郁的，带着克制的哀伤，真心希望黄先生节哀，《无愁河上的浪荡汉子》我们还期盼着继续看下去。

黄太太是很美很美的，我第一次看见她的照片就惊为天人，明眸善睐，连卧蚕都那么可爱。

后来看张郎郎的《大雅宝旧事》，发现不是我一个人这样想：

> 第一次见到黄妈妈真不觉得她像中国人，至少不是那个年代的中国人。她穿着一条杏黄色的布拉吉，肩膀上似乎只挂着两根带子，裙子上面横七竖八地抹了些不规则的咖啡道子。

五十年代的北京就没见有人这么穿过，甚至没人见过这种花样的裙子。她头发扎成一个马尾巴，显得相当清爽，跟着旋律摇来摆去，拉一个酒红色的手风琴。北京哪儿见过这个景致？纯粹和外国电影差不离了。

沙贝他们家的王大娘后来说，这黄太太哪儿哪儿都漂亮，就是她这胳膊、腿儿也忒细了。她哪儿知道人家香港人，觉着越瘦越美。香港人那会儿也不知道，老北京的一美是"胖丫头"。

很多时间里，张梅溪都是作为黄永玉太太的身份出现的，实际上，她本人也写童话。有一年秋天，我临时起意打算去伊春，那时候年轻，好像什么准备也不做，冒冒失失就出发。一个朋友赶到火车站送行，并不是特别熟的朋友，所以在车站见到，便有些愕然。他赠我一本《林中小屋》，这本书很薄，但完全拯救了我的旅程，我在车上读得如痴如醉，陷入一个童话世界：高大红松、清澈小溪和皑皑白雪……我从没那样期待过目的地，然而却没真的去成伊春——在哈尔滨待了几天，便很怏地回去了。

多亏了那本《林中小屋》，使得我仿佛真的去过伊春，尽管这个美丽的梦，是在火车上做的。

张梅溪是这本书的作者。

我只和她有远远的一面之缘，但从她的文字里，可以感受到这是一个外柔内刚的女子。

张梅溪人生中最大的决定，便是嫁给黄永玉：

> 我没到 20 岁，在江西信丰民众教育馆做艺术工作的时候，当年的女朋友，我这个人没什么女朋友，只有这一个女朋友，这个女朋友就是我现在的太太。
>
> ——黄永玉

18 岁的梅溪出身军官家庭，追求者不少，为什么选那个穷得叮当响的穷小子？她显然无法预知将来，用世俗的眼光看，当时的黄永玉绝不是一个好的选择。

他们的第一面都是有些哭笑不得的，平时大大咧咧的黄永玉紧张得老半天才蹦出来一句话:"我有一百斤粮票,你要吗?"(这种表白有点类似现在的"你愿意埋在我家祖坟吗?")

张小姐的追求者中,最为显眼的是一位真·白马王子,这位青年长得帅,知道张小姐喜欢马,便牵着马带张小姐去郊游。黄永玉叫苦不迭,别说白马,自己连自行车的一个轮子都没有。这让我想起当年吕恩老师讲的一则逸闻,赵丹追求秦怡的时候,见秦怡家门口停着豪车,便知是来接她的公子哥儿,于是带着哭腔对吕恩说:"看呀,有车来接她了呀!"

吕恩说,你在这里着急,为什么不用实际行动打动她?你不努力,怎么知道能不能成功?这句话便是黄永玉的最佳注脚。黄永玉的招数是赵丹在《天涯歌女》里用过的——他在福州仓前山百货店买了一把法国小号,每天等张梅溪来上班,远远地就开始吹小号,"冀得自我士气之鼓舞"。

> 我有一把法国号,老远看到她我便吹号,
> 像是欢迎她似的,看见她慢慢走来,她也老远

便看见我，知道我在这里。

——黄永玉，CCTV 访问

　　小号水平如何，我们已经不得而知。显然，吹号的少年打动了少女的心扉。那时候的爱情，像是旧时摊子上做出来的棉花糖，一丝丝卷出来，轻盈如一朵云，初看不出甜，须得入口，才觉出蜜一般，立刻化了，入你的心里。一日，黄永玉顶着一头乱蓬蓬的头发去见梅溪，梅溪说，去理发吧。黄永玉一摸口袋，只有八毛钱，要么去理发，可是自己还想要买一块木刻板。

　　为难踟蹰之间，少女笑盈盈地说，两样都做吧，你去理发，我送你木刻板。

　　理完发出来，梅溪捧着木刻板等着黄永玉，很多年之后，黄永玉还记得这个画面，他说："这是个很好的女孩子。"

　　我觉得他这个人一辈子都很勤劳，我有时不想他搞这么多。

——张梅溪，CCTV 访问

消息传到梅溪家人那里，家人联合反对，不允许她和黄永玉见面，他们甚至用了恐吓，告诉梅溪如果接受了黄永玉的爱，未来的日子便是"在街上讨饭，他吹号，你唱歌"。

黄永玉感到很沮丧，一个人去了赣西。不久，他接到了电话，是梅溪打来的——她从家里跑出来，卖了金链子，坐了拉货的黄运车，来赣州找他。

少年多么惊喜啊，当晚就借了朋友的自行车骑行60公里，"八千里路云和月"，少年的心里满是爱意。离赣州还剩10公里路时，天太黑没办法骑车，他找了个鸡毛店住下来，夜里没有被子，就把散落的鸡毛盖在身上。

一身鸡毛见到梅溪的时候，两个人笑了，哈哈哈哈。

笑着笑着，又哭了。

"如果有一个人爱你，你怎么办？"

"那要看是谁了。"

"那个人是我呢？"

"好。"

这是他的表白，这是她的回答。

他是她的初恋，她也是。

嫁给黄永玉之后，张梅溪好像不再做决定了，她似乎永远支持黄永玉的决定。

他在上海闯荡，她便在香港教书。

他跟着张正宇到台湾，结果被误认为是共产党，差点被抓起来枪毙，跑到香港，她辞去在湾仔德明中学教书的工作，跟他一起住在偏僻的九华径。他们住在楼适夷一板之隔，他刻木刻画速写，她写点散文投稿，这样的日子，是想得到的清苦。

> 那时我们很贫穷，我们的家很小很小，但有一个窗，窗外面很多木瓜树，也可看到一口水井，当时他买了一幅窗帘回来，买了一幅很漂亮的窗帘回来，拍了一张很美丽的照片，他说，这是我们破落美丽的天堂。
>
> ——张梅溪

他接到表叔沈从文的信，决定从香港回北京，她默默收拾行李。1953 年 3 月，28 岁的黄永玉和张梅溪带着七个月大的儿子黑蛮从香港来到北京，他成为中央美院最年轻的教授。一搬进大雅宝胡同，黄永玉和张梅溪就给全院的孩子们表演了手风琴合唱：

> 黄叔叔无论想出来什么惊天动地的招儿，
> 黄妈妈总是毫无保留地大力支持。这和我们院
> 儿过去的规矩派头儿，全然不同，全不沾边。
>
> ——《大雅宝旧事》

梅溪的厨艺特别棒，"二流堂堂主"唐瑜曾经选出来"京城四大女名厨"，张梅溪便是其中之一（另外三位是张光宇夫人汤素贞、戴浩夫人苏曼意和胡考夫人张敏玉）。

《二流堂纪事》里说，"二流堂分子"忽然灵光一现打算开饭馆，大家提议请张梅溪主厨，黄宗江"搜集了一堆餐单，以及日本的杯盘供参考；黄胄保证可以供应烟台海鲜；黄永玉则说房屋四壁的画他全包了；戴浩说可以取得郊区某大菜圃的新鲜蔬菜供应；掌勺的更有四

位夫人可以当顾问。可以说万事俱备，不缺东风"。说得如此热闹，饭店终于还是没开成，夏衍说："唐瑜开店，一定吃光亏光，你们别受他累。"

　　我印象深刻的还有黄叔叔家炉子上的猪肘子炖白菜，是清炖，肘子完整，白菜是整颗的，竖着用刀切成四长条……现在知道这是广东做法，但在当时实在稀奇，我常常趴在窗外，隔着玻璃，看着煤火上咕嘟咕嘟冒着热气的砂锅内白色的浓汤和软软的肘子，馋得直流口水。不知过了多久，黄妈妈会给我们每人一条炖得烂烂的白菜，那个香！

　　　　　　　　　　　　——李小可，文化家园

　　在大雅宝宿舍孩子们的心目中，"黄妈妈"不仅做饭好吃，对孩子们有一种难得的尊重。张仃的儿子张大伟不爱说话，成天自己搬个小板凳在黄永玉家窗下听梅溪放唱片。

黄妈妈看见后大为吃惊，问：你听得懂吗？

他平静地只说了两个字：好听。

她连忙说：进来听吧。

——《大雅宝旧事》

听唱片，写童话，带大一双儿女，日子一天天过下去，她以为这就是永恒。

雾月难逢，彩云易散，很快山雨欲来风满楼。

先是"四清"，黄永玉写了《罐斋杂技》，里面有一句"拉磨的驴子：咱这种日行千里可也不易呀！"这很快被批判为讽刺"大跃进"。

而后便是"猫头鹰"事件。当时黄永玉和吴冠中等去重庆写生，听见人说"北京现在批黑画了，有个人画了个猫头鹰，结果出大事了"。他不以为然："画个猫头鹰有什么了不起呢？我也画过。"——当时还不知道，那个"有个人"，就是他。

在他的心里，没有什么比画画更重要。白天挨批斗，晚上回家半夜三更还要画。孩子们睡了，梅溪拉上窗帘，在窗边守着，帮他放风。一有风吹草动，她便立刻帮他把东西收起来，停止画画。

因为画黑画被关"牛棚"，全家人被赶到一间斗室，是真的斗室，连窗子也没有。她不讲话，他知道她内心的煎熬，于是在墙上画了一个两米多宽的大窗子，窗外开满鲜花。

44岁生日，黄永玉被两个人拿皮带抽："他们说只要我求饶，就不再打下去，我心里说，'喊一声疼，讨一声饶，老子就是狗娘养！'"两个人打到没有力气，黄永玉起身："一共是224下。"

回到家，她见他血肉模糊，白衬衫已经脱不下来，粘稠的血肉粘在一起。她终于忍不住，哭起来。

她说，就算当初我叫你别回来，你也不肯的。

——黄永玉，《杨澜访谈录》

黄永玉去农场改造，一去三年，他知道她内心焦虑，于是写了一首情诗，这便是著名的"老婆呀！不要哭"。

真喜欢这首诗，充满了质朴的宽慰，蕴藏着的是一对夫妇患难中的慰藉：

> 一辈子只谈过一次恋爱
>
> 中年是满足的季节啊
>
> 让我们欣慰于心灵的朴素和善良
>
> 我吻你
>
> 吻你稚弱的但满是裂痕的手
>
> 吻你静穆而勇敢的心
>
> 吻你的永远的美丽
>
> 因为你
>
> 世上将流传我和孩子们幸福的故事
>
> ——黄永玉《老婆呀，不要哭》

  我一直在想，究竟是什么使得黄永玉能够如此乐观？他给出了答案，是信念，是智慧。他最常对梅溪的一句话便是："要相信这些迟早都会过去的。"

  是的，迟早都会过去的。

  沧桑岁月，一转眼，吹小号的少年牵手买刻板的少女，已经大半个世纪过去了：

去年，我在九龙曾福琴行用了近万元重新买回一把。面对着我 50 年前的女朋友说："想听什么？"如今，嘴不行了，刚安装假牙，加上老迈的年龄。且没有按期练习，看起来要吹一首从头到尾的曲子不会是三两天的事了。

——《雅人乐话》黄永玉

他们的爱依然是炙热的。

20 世纪 70 年代末，黄永玉以 60 高龄破格考了驾照，考试时，考官问他："某某零件坏了怎么办？""坏了就换一个。"他在日本买了跑车，说要载老婆出去兜风。

梅溪喜欢养动物，他跑到通州建了个大房子，屋子大，养老婆的动物也方便，光是狗就养了十几条，最大的一只 200 多斤。除了名犬，还养过马，养过鹿，养过熊。梅溪想养什么就养什么。

《见字如面》里读了那首他写给曹禺的信，他说，自己写得最好的诗还是情诗，光歌颂老婆的诗就能出一本《黄永玉夸老婆集》。

那封信里，还有一句话打动我心："心在树上，你摘便是。"

聪明人到了最后，便是这样坦荡，所以他才开得起这样的玩笑：

> 我的感情生活非常糟糕，我最后一次进入一个女人的身体是参观自由女神像。

画画写个诗，也要 @张梅溪：

> 小屋三间，坐也由我，睡也由我；
> 老婆一个，左看是她，右看是她。

这是赤裸裸的秀恩爱啊！

难怪那时候黄霑失恋，黄永玉安慰他："你要懂得失恋后的诗意！"黄霑一听，火冒三丈："放狗屁！失恋得都想上吊了，还有什么诗意！"

其实更有力的反击是，黄永玉，你一辈子只谈了一次恋爱，懂得什么失恋！

2020 年 5 月 8 日，98 岁的张梅溪走了。"我行过许多地方的桥，看过许多次数的云，喝过许多种类的酒，却只爱过一个正当最好年龄的人"，表叔沈从文的这句话，用在张梅溪和黄永玉身上，再恰当不过。

她这一生，经历过坎坷，遭遇过挫折，可是回首往事，岁月凝结的，多半仍旧是甜蜜。这源自她最初的那个选择，无关金钱，无关权势，当年家人恐吓梅溪，要是嫁给黄永玉，未来便要"在街上讨饭"，但她仍旧做出了那个选择，那需要多么大的智慧，那需要多么大的勇气。

所以她值得。

图书在版编目（CIP）数据

语之可. 18，落花风雨春仍在 /《作家文摘》报社
主编 . -- 北京：作家出版社，2021.1
ISBN 978 - 7 - 5212 - 1231 - 0

Ⅰ. ①语… Ⅱ. ①作… Ⅲ. ①散文集 – 中国 – 当
代 Ⅳ. ①I267

中国版本图书馆CIP数据核字（2020）第 255559 号

落花风雨春仍在

主　　编：《作家文摘》报社
责任编辑：姬小琴
特约编辑：魏 蔚 裴 岚
装帧设计：于文妍
出版发行：作家出版社有限公司
社　　址：北京农展馆南里 10 号　　邮　　编：100125
电话传真：86 - 10 - 65067186（发行中心及邮购部）
　　　　　86 - 10 - 65004079（总编室）
E - mail: zuojia@zuojia.net.cn
http://www.zuojiachubanshe.com
印　　刷：中煤（北京）印务有限公司
成品尺寸：120 × 190
字　　数：111 千
印　　张：7.375　　　插页：16
版　　次：2021 年 1 月第 1 版
印　　次：2021 年 1 月第 1 次印刷
ISBN 978 - 7 - 5212 - 1231 - 0
定　　价：45.00 元

以文艺美浸润身心
用思想力澄明未来

　　隶属于中国作家协会的《作家文摘》报是一份以文史见长、兼顾时政的著名文化传媒品牌，内容涵盖历史真相揭秘、政治人物兴衰、名家妙笔精选、焦点事件深析，博采精选，求真深度，具有鲜明的办报特色。

　　依托《作家文摘》的语可书坊主打纯粹高格的纸质阅读产品，志在发现、推广那些意蕴醇厚、文笔隽秀的性灵之作，触探时代的纵深与人性的幽微。

　　由于时间仓促及其他原因，编者未能与本书所收个别作品的作者取得联系，请作者及时与编者联系，支取为您预留的稿酬与样书。谢谢！

　　联系地址及联系人：100125 北京朝阳区农展馆南里10号《作家文摘》报社转《语之可》编委会

作家文摘　　作家文摘　　語可書坊
公众号　　　头条号

投稿邮箱：yukeshufang@163.com

语之可